Mw

Zu diesem Buch

Eine heruntergekommene afrikanische Großstadt – wer hierherkommt, hat ein Ziel: Geld machen, egal wie. Das *Tram 83* ist der einzige Nachtclub der Stadt, sein pulsierendes Zentrum. Verlierer und Gewinner, Profiteure und Prostituierte, Ex-Kindersoldaten und Studenten, sie alle treffen in dieser Höhle aufeinander, um zu essen, zu tanzen, um sich zu betrinken und sich zu vergessen. Hier, an diesem von Kriegen und Korruption gezeichneten Ort, treffen sich auch zwei ungleiche Freunde wieder: Lucien, der Schriftsteller, findet auf der Flucht vor Erpressung und Zensur Schutz bei Requiem, der sich durch das Leben gaunert.
Rhythmisch und rau erzählt Fiston Mwanza Mujila die Geschichte zweier ungleicher Freunde.

»Zu Recht gefeiert wird Mujilas Rhythmus. Wie Wildwasser rauschen seine Charaktere durch die Zeilen, Perspektiven wechseln, es geht rau zu. Mujilas Wortschöpfungen und sein unbestechlicher, teils satirischer Blick lassen den afrikanischen Kontinent endlich einmal anders erscheinen.« *ZDF Aspekte*

Der Autor

Fiston Mwanza Mujila (*1981 in Lubumbashi) schreibt Lyrik, Prosa und Theaterstücke und unterrichtet afrikanische Literatur an der Universität Graz. Sein Roman *Tram 83* wurde u. a. mit dem Internationalen Literaturpreis des Hauses der Kulturen der Welt ausgezeichnet. Er lebt in Graz.

Die Übersetzerinnen

Lena Müller, geboren 1982, studierte Kultur- und Literaturwissenschaften in Paris und Hildesheim. Sie arbeitet als freie Übersetzerin und Autorin für Hörspiele und Features.
Katharina Meyer, geboren 1979, absolvierte ihr Übersetzerstudium in Düsseldorf und Santiago de Compostela. Sie übersetzt aus dem Spanischen und dem Französischen.

Mehr über den Autor und sein Werk auf *www.unionsverlag.com*

Fiston
Mwanza Mujila

Tram 83

Roman

Aus dem Französischen von
Katharina Meyer und Lena Müller

Unionsverlag

Die Originalausgabe erschien 2014 bei Éditions Métaillé, Paris.
Die deutsche Erstausgabe erschien 2016 im Paul Zsolnay Verlag, Wien.
Die Übersetzerinnen danken dem Deutschen Übersetzerfonds (DÜF) und dem
Europäischen Übersetzerkollegium (EÜK) Straelen für die Unterstützung.

Im Internet
Aktuelle Informationen, Dokumente und Materialien
zu Fiston Mwanza Mujila und diesem Buch
www.unionsverlag.com

Unionsverlag Taschenbuch 803
Lizenzausgabe mit Genehmigung des Paul Zsolnay Verlags, Wien 2016
© by Fiston Mwanza Mujila, 2014
Alle Rechte der deutschsprachigen Ausgabe © Paul Zsolnay Verlag, Wien 2016
Originaltitel: Tram 83
© by Unionsverlag 2018
Neptunstrasse 20, CH-8032 Zürich
Telefon +41 44 283 20 00
mail@unionsverlag.ch
Alle Rechte vorbehalten
Reihengestaltung: Heinz Unternährer
Umschlagmotiv: J Marshall - Tribaleye Images (Alamy Stock Foto)
Umschlaggestaltung: Sven Schrape
Druck und Bindung: CPI – Clausen & Bosse, Leck
ISBN 978-3-293-20803-2
2. Auflage, März 2023

Der Unionsverlag wird vom Bundesamt für Kultur mit einem
Verlagsförderungs-Strukturbeitrag für die Jahre 2021–2024 unterstützt.

Im Schweiße deiner
Titten sollst du essen

1. Im Anfang war der Stein, und der Stein schuf den Besitz und der Besitz den Rausch, und im Rausch kamen Menschen jedweder Gestalt, die schlugen Bahntrassen in den Fels, fertigten ein Leben aus Palmwein und erdachten zwischen Markt und Minen ein System.

Nordbahnhof. Freitagabend, irgendwann zwischen sieben und neun.

»Geduld, mein Freund, du weißt doch, dass unsere Züge jegliches Zeitgefühl verloren haben.«

Der Nordbahnhof ließ die Sau raus. Er war im Grunde nichts als ein halbfertiges, von Granateneinschlägen zerschundenes Metallgerüst mit ein paar Gleisen und Lokomotiven, die noch an Stanleys Eisenbahntrasse erinnerten, Maniokfeldern, billigen Hotels, Spelunken, Bordellen, Erweckungskirchen, Bäckereien und dem Getöse von Menschen aller Generationen und Nationalitäten. Er war der einzige Ort auf dem Erdball, an dem man sich ganz ungeniert aufhängen, sich erleichtern, fluchen, klauen oder sein Herz verlieren konnte. Ein Hauch von Komplizenschaft lag ständig in der Luft. Ein Schakal frisst keinen Schakal. Er schnappt sich Truthähne und Rebhühner. Die Legende, die uns so oft in die Irre führt, behauptete steif und fest, alle Widerstandsbewegungen und Befreiungskriege wären hier im Bahnhof zwischen zwei Lokomotiven aufgekeimt. Und als wäre das nicht schon genug, gab dieselbe Legende vor, dass der Bau der Eisenbahn zahlreiche Menschenleben gefordert hätte, was Tropenkrankheiten, technischen Mängeln und den von der Kolonialverwaltung auferlegten schlechten Arbeitsbedingungen zugeschrieben wurde – das alte Lied.

»Nordbahnhof. Freitagabend, irgendwann zwischen sieben und neun.«

Schon seit fast drei Stunden wartete er im Gedränge der Passanten auf den Zug. Lucien hatte auf die Sache mit dem Zeitgefühl dieser Züge hingewiesen, die alle Rekorde brachen: Entgleisungen, Verspätungen, Überfüllung ... Requiem hatte Wichtigeres zu tun, als auf diesen Typen zu warten, der ihm nach all den Jahren nichts mehr bedeutete. Seit er dem Marxismus den Rücken gekehrt hatte, beschimpfte Requiem alle, die ihn in seiner Denk- und Handlungsfreiheit einschränkten, als Gelegenheitskommunisten und Slumideologen. Er musste Ware ausliefern, davon hing sein Leben ab. Doch der Zug mit diesem verdammten Lucien ließ auf sich warten.

Nordbahnhof. Freitagabend. Irgendwann zwischen ...

»Gesellschaft gefällig, mein Herr?«

Ein Mädchen blieb bei ihm stehen, das angezogen war, wie man sich eben anzieht an einem Freitagabend in einem Bahnhof, der ein halbfertiges Metallgerüst ist. Kurz die Ware taxieren, ein dumpfes Dröhnen, dann ein Höllenlärm, der das Eintreffen der Bestie ankündigte.

»Was sagt die Uhr, Bürger?«

Trotz des Dämmerlichts hatte er die Kleine ausreichend inspiziert und sie sich schon auf seiner Pritsche vorgestellt. Er zog sie an sich, fragte nach ihrem Namen, »nenn mich Requiem«, ließ die Hände über die Brüste des jungen Dings wandern, noch ein Spruch: »Du hast Schenkel wie zwei Wodkaflaschen ...«, und dann nichts wie weg, hinein in die schmierige, zähe, zwielichtige, schaurige Masse ...

Hier war eine Ansage fällig. Ein Ort, wo sie in Ruhe plaudern konnten. Hartnäckiges Mädchen, er seufzte, biss sich auf die Lippen und nuschelte: »Treffpunkt Tram 83.« Was eigentlich auch nichts half, denn er würde diesen Lucien im Schlepptau haben. Bei dem Gedanken verzog er das Gesicht. Und dann noch die Ware für die frisch aus Osteuropa eingetroffenen Touristen. Inzwischen hatte sich der Lärm ins Unerträgliche gesteigert. Diese verdammten Züge transportierten des Nachts den ganzen Abschaum, der es anders nicht mehr nach Hause schaffte, also Studenten und Grubenarbeiter. Aus bislang unbekannten Gründen zerschnitt die Bahntrasse die einzige Universität der Gegend in zwei Teile. Nicht das Dröhnen der Lok störte die Nachmittagsvorlesungen, sondern die Studenten, die ihren Krempel zusammenpackten und loszogen, denn wer den Zug verpasst, pisst sich ans eigene Bein, lieber Akademiker. Die wenigen Professoren, die in den Vorstädten von Stadtland untergekommen waren, setzten die Segel zur gleichen Zeit wie ihre Schüler. Überlebensinstinkt kann man nicht lernen. Das kommt von innen. Andernfalls gäbe es längst Instinkt-Seminare an den Unis. Die Züge fuhren vorbei, ohne anzuhalten. Das nutzten die geschicktesten unter den Studenten und klammerten sich ans rostige Eisen, im Krieg sind alle Mittel recht. Die Launen der Studenten, die meinten, sie könnten sich alles erlauben, trafen auf das Animalische der Schürfer, die mit denselben Zügen fuhren. Erstere warfen Letzteren vor, ihre Würde an Minenbetreiber und Geschäftemacher verschiedenster Herkunft zu verscherbeln. Das war Letzteren egal, mit ihrem ewigen Pech und den von der Radioaktivität versteiften Körpern waren sie der lebende Beweis dafür, dass man nicht die Schulbank drücken muss, um zu vögeln und dann mit einem schönen kühlen Bier anzustoßen. Im Übrigen schürften einige Studenten selbst in den Minen, um ihre Schulden zu begleichen.

Requiem machte sich auf die Suche nach der Stecknadel im Heuhaufen. Die Studenten, abgemagert, von den Ereignissen überrollt und wütend, schwenkten ihre Theorien wie Kriegsbeute. Die Schürfer-Grubenarbeiter oder die Grubenarbeiter-Schürfer, je nach Geschmack, schmetterten aus voller Kehle Flüche, die besser nicht wiederholt werden sollten. Jeden Abend dasselbe Theater. Sie musterten, beschimpften und verhöhnten sich gegenseitig und benutzten sogar die Fäuste. Eine Legende bezifferte die Toten der letzten Zusammenstöße auf eintausendsiebenhundert, Erstickte und andere Schwerverletzte nicht mitgezählt.

Erschöpft vom Lärm und vom Alkohol, von dem er reichlich getrunken hatte, lehnte sich Requiem gegen einen Pfeiler und wartete darauf, dass sie das Feld räumten. Bis spät in die Nacht trieben sie sich auf den Bahnsteigen herum, die Studenten mit ihrem Streik und die Grubenarbeiter, die nach der letzten Flasche aus dem Maul stanken.

»Ich bin eine unabhängige Frau, aber ich suche noch den Mann meines Lebens.«

In Gedanken war er schon bei den Silikontitten des Mädchens, das im Tram 83 auf ihn wartete. Wie sollte er Lucien gleich beim ersten Wiedersehen abschütteln und mit dem Schätzchen in den Untiefen der Nacht verschwinden? Die Grubenarbeiter und Studenten provozierten einander munter weiter. Sie alle waren unterwegs nach Nirgendwo, dem krönenden Abschluss ihrer Androhungen entgegen. Requiem spürte, dass da jemand war. Er runzelte die Stirn: Lucien, aus Haut und Knochen. Requiem ging auf ihn zu. Er sah, dass sein Freund stark abgemagert war. Dass eine Epoche zu Ende ging, eine Zivilisation mit den Füßen scharrte ... Lucien trug Schwarz und passend dazu einen roten Schal und einen Stapel Papier unter jedem Arm. Eine abgewetzte Tasche aus Kunstleder über der Schulter. Die Haare zerzaust. Das Gesicht zerknittert. Der Schnurrbart intakt. Der Blick kalt. Die Stimme eingerostet. Sie umarmten sich ohne große Begeisterung.

»Die Dreckskerle, sag bloß, sie haben dir das Hirn torpediert ...«

»Und bei dir, was gibt's Neues?«

»Und Jacqueline?«

»Lange Geschichte.«

»Wie bist du da wieder rausgekommen?«

»Erklär ich dir später.«

»Die verdammten Dreckskerle, diese ...«

»Wollen wir gehen?«

»Ja«, antwortete Requiem kühl, den wohl das Mädchen noch umtrieb, das angezogen war, wie man sich eben anzieht an einem Freitagabend an einem Bahnhof, der ein halbfertiges Metallgerüst ist, wo sexhungrige abtrünnige Rebellen, Studenten und Grubenarbeiter dasselbe Ziel haben.

»Ich bin ein sensibles Mädchen.«

Zwei dicke Tränen liefen über die Wangen des Mannes, der gerade aus dem Zug gestiegen war, in diesem Bahnhof, dessen halbfertiges Metallgerüst ... Schweigend durchquerten sie die Halle und den Rest des Bahnhofs, wo es von Single-Mamis an der kurzen Leine wimmelte, von Professoren, die Abschlussnoten verscherbelten, Intellektuellen, die nach Fisch stanken, und kubanischen Musikern, die Salsa, Flamenco und Merengue zum Besten gaben, einfach so.

2. Erste Nacht im Tram 83: Nacht der Ausschweifung, Nacht des Suffs, Nacht des Schnorrens, Nacht der vorzeitigen Samenergüsse, Nacht der Syphilis und anderer Geschlechtskrankheiten, Nacht der Prostitution, Nacht der Gerissenheit, Nacht des Tanzes und der Trance, Nacht der Dinge, die nur entstehen, wenn sehr viel Bier im Spiel ist und das Geld locker in der Tasche sitzt, Nacht, die blutiges Erz ausdünstet, Kuhmist, der in den Rang eines Rohstoffs erhoben wurde, im Anfang war der Stein ...

»Wir wateten durch das Dunkel der Geschichte. Wir waren die Melkkühe eines Systems, das Profit aus unserer Jugend schlug und uns zermalmte. Wir waren der letzte Dreck.«

»Wir hatten ein Ideal – Unschuld ...«

»Unschuld«, wieherte Requiem. »Hast du gerade Unschuld gesagt? Unschuld ist doch nichts als Feigheit. Du musst mit der Zeit gehen, Bruder.«

»Du hast dich kein bisschen verändert.«

»Hier wird man nicht älter, hier sitzt man nur seine Zeit ab.«

»Requiem ...«

»Das hier ist Neu-Mexiko. Jeder für sich und Scheiße für alle.«

Das Tram 83 war einer der Schuppen mit dem größten Angebot. Sein Ruf reichte weit über die Grenzen von Stadtland hinaus. Tram 83 sehen und sterben, schwärmten die Touristen, die aus allen Ecken der Welt kamen, um hier Geschäfte zu machen. Tagsüber irrten sie wie Zombies durch ihre zahlreichen

Minen und nachts landeten sie im Tram 83, um ihr Gedächtnis aufzufrischen. Das gab dem Tram den Anstrich eines echten Theaters, wenn nicht sogar eines großes Zirkus. Und jetzt das, was aus dem Stimmengewirr herauszuhören war:

»Ich habe große Lust, dich zu massieren und dich zu lecken, dich überall zu lecken, bis mir die Spucke wegbleibt.«

Nicht nur im Tram 83, auch in der Universität und in den Minen ließen es sich die unabhängigen Frauen nicht nehmen, potenzielle Kunden mit den immer gleichen Sprüchen zu ködern.

Ob Zufallsmusiker oder Prostituierte im Seniorenalter, ob Taschenspieler oder Erweckungskirchenprediger, ob Studenten mit Mechanikerallüren oder Nachtklubärzte, ob ausgediente Jungjournalisten oder Transvestiten, ob Second-Foot-Schuhverkäufer oder Liebhaber von Pornostreifen, ob Straßenräuber oder Zuhälter oder Anwälte ohne Zulassung, ob Handlanger oder Ex-Transsexuelle, ob Waffenhändler oder Piraten, ob Asylbewerber oder in Banden organisierte Kleinkriminelle, ob Archäologen oder inkompetente Kopfgeldjäger ohne Auftrag, ob Abenteurer der Neuzeit oder Forschungsreisende auf der Suche nach einer verlorenen Zivilisation, ob Organhändler oder Hinterhofphilosophen, ob marktschreierische Frischwasserverkäufer oder Frisöre, ob Schuhputzer oder Ersatzteilmechaniker, ob Soldatenwitwen oder Sexbesessene, ob Schundromanleser oder abtrünnige Rebellen, ob Brüder in Christo oder Druiden oder Schamanen, ob Potenzmittelverkäufer oder öffentliche Schreiber, ob Verkäufer echter gefälschter Pässe oder Schusswaffenhändler, ob Lastenträger oder Trödelhändler, ob abgebrannte Erzsucher oder siamesische Zwillinge, ob Mamelucken oder Wegelagerer, ob Infanteristen oder Haruspexe, ob Falschmünzer oder nach Vergewaltigung hungernde Soldaten, ob Gepanschte-Milch-Trinker oder autodidaktische Bäcker, ob Marabus oder auf Bob Denard schwörende Söldner, ob Gewohnheitssäufer oder Grubenarbeiter, ob Warlords mit Ambitionen auf die Weltherrschaft, ob wichtigtuerische Politiker oder Kindersoldaten, ob tatkräftige Entwicklungshelfer von tausend albtraumhaften Infrastrukturprojekten wie neuen Bahntrassen und dem Abbau von Kupfererz und Mangan in Handarbeit, ob Küken oder Dealer, ob Aushilfskellnerinnen oder Pizzaboten oder Verkäufer von Wachstumshormonen, alle möglichen Gestalten fallen auf der Suche nach dem billigen Glück im Tram 83 ein.

»Wünschen die Herren Gesellschaft?«

Zwei Mädchen, kaum sechzehn Jahre alt, beide in winzige Korsagen gezwängt, begrüßten sie mit einem vieldeutigen Lächeln. Requiem entschied sich für die mit Haar wie eine Dornbuschsavanne.

»Deine Brüste löschen meinen Durst ...«

»Monsieur ...«

»Wie viel nimmst du für eine Massage?«

Das Mädchen nannte eine Summe.

»Dir ist schon klar, dass sich die Börse von Tokio im freien Fall befindet, oder?«

Sie packte seine Handgelenke.

»Gewinn ist gleich Verkaufspreis minus Einkaufspreis plus Verpackung.«

Am Eingang zum Tram ein großes Schild: »Nicht geeignet für Arme, Loser, Unbeschnittene, Geschichtswissenschaftler, Archäologen, Feiglinge, Psychologen, Geizhälse, Dummköpfe, Zahlungsunfähige und auch für euch, die ihr bedauerlicherweise unter vierzehn seid, nicht zu vergessen für Abgeordnete des Zwölften Hauses, abgebrannte Grubenarbeiter, sadistische Studenten, Politiker der Zweiten Republik, Historiker, Besserwisser, Spitzel ...« Requiem ließ sich die Nummer des Mädchens geben. Sie betraten das Lokal. Eigentlich nichts Besonderes, dieses Tram 83. Alles schwarz, wie in der Höhle von Lascaux. Männer. Frauen. Kinder mit Alk und Kippen in der Hand. Weiter hinten eine Band, die hemmungslos ein Stück von Coltrane malträtierte, höchstwahrscheinlich *Summertime*. Sie gingen zur Bar. Zwei Mädchen mit Fleischtomatentitten hefteten sich an ihre Fersen, das nennt man »beschatten«.

»Was sagt die Uhr?«

Nichts. Requiems Augen wanderten in ihre Büstenhalter. Das eine war das Mädchen, das ihn vorhin angequatscht hatte, am Bahnhof, dessen halbfertiges Metallgerüst ...

»Was sagt die Uhr?«, bohrten die beiden Single-Mamis nach, unbeirrt und mit Nachdruck.

Eine riesige Aufgabe, die Frauen, die ins Tram 83 kamen, zuzuordnen. Alle führten einen eisernen Kampf gegen das Altern. Eine Einteilung war nicht ganz ohne; da waren die unter Sechzehnjährigen, Küken genannt, die Single-Mamis, also die zwischen Zwanzig- und Vierzigjährigen, auch dann Single-Mamis genannt, wenn sie gar keine Kinder hatten, und schließlich die Frauen-ohne-Alter, deren festes Alter bei einundvierzig lag. Keine von ihnen konnte sich eine Falte erlauben. Man sah sie nie ohne Schminke, sie trugen falsche Brüste, alle Mittel waren ihnen recht, um Kunden zu ködern, und sie trugen fremd klingende Namen, Marylin Monroe oder Sylvie Vartan oder Romy Schneider oder Bessie Smith, Marlene Dietrich oder Simone de Beauvoir, alles war recht, um der Welt zu zeigen, dass es sie gab.

»Höchste Zeit«, entgegnete Requiem.

Sie entschieden sich für den dritten Tisch hinten links neben der Bar, der einen guten Blick auf den Eingangsbereich, die Musik verscherbelnde Jazzkapelle, die Toiletten, die Bar und eine Reihe von Single-Mamis bot, die allergisch, aggressiv, ledig und obendrein überreif waren. In seinen verrückten Momenten erzählte Requiem jedem, der es hören wollte, wie wichtig es für die Kontrolle von Verkehr und Taufurkunden war, einen Tisch zu wählen, der freie Sicht auf alle genannten Orte bot, fassen wir noch einmal zusammen: die Bar, die sanitären Anlagen, die Frauen ohne Begleitung, den Eingangsbereich, die Musiker, selbst wenn sie sich hinter die Bühne zurückzogen, um Marihuana zu rauchen, die Kellnerinnen, die Aushilfskellnerinnen … Eine Zeitlang saßen sie schweigend da. Es erforderte reichlich Mut, ein Gespräch anzufangen, in diesem Tohuwabohu aus entweihter Musik, Buhrufen der Touristen und anderer Neureicher, die sich wie zu Hause fühlten, sich berauschten, sich verrenkten, flüsterten, schrien und den Musikern Geld zuwarfen.

»Willst du kuscheln?«, »Was sagt die Uhr?«, »Du kannst mit mir machen, was du willst, fessle mich, mach mich zu deiner Sklavin, deiner Ware, deinem Jagdrevier …« Was den Eifer der Kapelle und somit auch den Lynchmord an dieser schönen Melodie noch befeuerte … In den Irrgärten von Stadtland hört man keinen Jazz, um sich den Geruch von Zuckerrohr um die Nase wehen zu lassen oder sein schwarzes Selbstbewusstsein wiederauszugraben oder die Schönheit der Klänge auszukosten: Man hört Jazz, weil Jazz einfach dazugehört, wenn man auf Geldscheinen schläft, wenn man jeden Tag seine Ware ausliefert, wenn man einer Mine vorsteht, wenn man ein Cousin des abtrünnigen Generals ist, wenn man sich eine kleine Geliebte hält, die einen ans Bett nagelt und an den Rand der Besinnungslosigkeit bringt. Jazz ist ein Zeichen von Erhabenheit, die Musik der Reichen und Neureichen, die Musik der Schöpfer dieser schönen, kaputten Welt. Diese Leute hören keine Rumba, Rumba gilt als schmutzig, primitiv und misstönend. Zwischen Jazz und Rumba liegt der Ozean, sagen sie.

In Jazz kann man nicht eintauchen wie in eine Rumba an zairischer Soße. Vor allem ist Jazz ein unwegsames Gelände, eine Felswand, die man nur erklimmen kann, wenn man die Ursprünge kennt, die Geschichte, die wichtigsten Vertreter ... Jazz ist längst nicht mehr Sache der Schwarzen. Nur noch Touristen und Leute, die wissen, wie man das Geld zähmt, kennen die Grundlagen dieser Musik. Sie ist das einzige Erkennungszeichen einer bestimmten Bourgeoisie, der Bourgeoisie der letzten Stunde. Deshalb schüttelt das ganze Tram 83 seine Schlafkrankheit ab, sobald Jazz gespielt wird. Beim ersten Ton aus dem Saxofon beginnt der große Maskenball. Die Grubenarbeiter und die Studenten übernehmen das Getue der Touristen. Sie schauen, lächeln, erheben die Biergläser, laufen umher, eröffnen den Tanz, winken die Kellnerinnen und Aushilfskellnerinnen heran, genau wie die Touristen, sie imitieren das stolze Auftreten eines Samurais, die Gestik eines Maharadschas, das Selbstbewusstsein eines Dalai Lama. Die Schätzchen, die Kellnerinnen und die Aushilfskellnerinnen lassen sich nicht blenden. Mit dem Lächeln der Königin von England mimen sie fiktive Kaiserinnen. Jazz ist die einzige Möglichkeit für den ganzen Abschaum im Tram 83, die Gesellschaftsschicht zu wechseln, wie man die Metro wechselt.

»Ich, Sie, die Liebe bin ich, lass uns Liebe machen, du und ich, Liebe machen ...«

Die beiden Freunde schauten sich wortlos an. Lucien wunderte sich über die bürokratische Langsamkeit der Bedienung. Requiem kannte das Passwort, die Verkehrsregeln, die Lösung des Rätsels, den Schlüssel. Um sich wichtig zu machen, trödelten die Kellnerinnen und die Aushilfskellnerinnen herum, übergingen Gäste und strapazierten ihre Nerven.

»Was sagt die Uhr?«, insistierten ein paar von den herumstehenden jungen Frauen, die den ersten beiden zu Hilfe kamen, mit imposantem Vorbau, perfekt geeignet für eine Massage, ein wenig Zärtlichkeit oder auch für andere nächtliche Programmpunkte.

Ein authentisches postkoloniales Pärchen nahm neben ihnen Platz. Der Mann, man hätte ihn auf zwanzig geschätzt, befummelte die Brüste seiner Frau, einer achtundsiebzigjährigen Dame, wie Requiem dozierte.

»Dein Lächeln macht mich schwach, ich liebe dich am Tag und in der Nacht, ich liebe dich am Montag, am Dienstag, am Mittwoch ...« Das konnte nur ein Student sein oder ein Angestellter eines kleinen, bankrotten Unternehmens. In diesem Teil von Äquatorialafrika ist die Jugend reine Verschwendung. Alle unter Fünfunddreißigjährigen sind höchstwahrscheinlich nachtragend, xenophob, betrügerisch und aufschneiderisch, und sie schrecken vor nichts zurück, um aus dem Gefängnis des Elends auszubrechen, sei es durch den Jazz oder eine Vernunftehe.

»Das Phänomen der Kompensation, der Übereinkunft und der körperlichen Vereinbarkeit hängt von beiden Instanzen ab«, führte Requiem zwischen zwei Kippen weiter aus. »Ich habe etwa sechs Monate lang ein Institut geleitet, das Treffen zwischen jungen Männern und älteren Frauen oder Küken und Touristen arrangierte.«

»Was sagt die Uhr?«

»Höchste Zeit ...«

Man rauchte wie die Schlote. Man wurde eins mit dem Jazz. Man begrapschte sich im Dunkeln. Man näherte sich Single-Mamis ... Endlich kam eine mürrisch dreinblickende Kellnerin. Schlecht gelaunt knallte sie die beiden Bierflaschen, die sie schon vor einerviertel Stunden hätte bringen sollen, auf den Tisch. Sie zahlten, doch die Kellnerin blieb stehen und wartete auf ihr Trinkgeld. Sie taten, als ob nichts wäre. Die Kellnerin durchschaute die Strategie und hebelte sie geschickt aus. Sie weigerte sich, die Flaschen zu öffnen. Lucien holte eine Münze hervor, doch Requiem hielt ihn zurück.

»Regel Nummer 1: Lass dich niemals von einer hysterischen Kellnerin einschüchtern. Wir sind hier nicht in Moskau. Hier herrscht Trinkgeldpflicht. Aber wir kennen die Neue Welt, für uns gilt das nicht. Wir bekämpfen jede Form von gewaltsamer Trinkgeldeinforderung. Sollen die Kellnerinnen uns doch verklagen! Die Minen und ihre Touristen kennen mich, die kennen mich, die Touristen und die Minen.«

Auf diesem Ohr war sie taub.

»Gigolo!«

»Trinkgeld geben ist archaisch, ich gebe was, wenn es mir passt.«

Um die Sache abzuschließen, öffneten sie die Flaschen kurzerhand mit den Zähnen. Beleidigt beschimpfte sie die beiden, drohte mit einem Taschenmesser, sammelte die Gläser ein und verschwand. Sie tranken ihr Bier aus der Flasche. Die Musiker spulten weiter ihr Programm ab, genau wie die Touristen, der junge Typ mit seiner Frau-ohne-Alter, die Mädchen mit den Mandarinentitten und ihrer ewigen Leier:

»Was sagt die Uhr?«

»Weiß nicht …«

Lucien zog sein Notizbuch aus der Tasche und schrieb: »Dies ist keine Bar. Wo werden sie sich abreagieren, wenn es für ihre Phantasien nicht mehr die passenden Frauen gibt? Wo werden sie ihre Saat ausstreuen? Wo werden sie ihre Enttäuschungen ertränken, wenn es zum Besaufen keinen Ort mehr gibt? Wo werden sie die Hüften schwingen, wenn es keine Salsa mehr gibt? Salsa und Jazz währen auch nicht ewig, wie werden sie es dann anstellen, sich wie aserbaidschanische Touristen zu fühlen?«

Requiem nahm mehrere Anrufe entgegen, bevor er fortfuhr: »Guten Abend, Monsieur. Guten Abend, Leutnant. Sie wünschen, Madame? Guten Abend, Bürger. Regel Nummer 10, berührt-geführt, alles oder nichts, wer verliert, gewinnt, die Legende besagt, dass Stadtland erhobenen Hauptes untergehen wird. Sie sind Belgier, Monsieur?«

Mit steigendem Bierpegel steuerten sie einer Einsicht entgegen. Die Brandung hatte ihnen den Weg frei gemacht. Sie konnten nicht länger vom selben Blatt singen. Sie waren nur zwei verirrte Existenzen in einer Stadt, die mithilfe von Kalaschnikows zu einem Land geworden war.

»Trinkgeld!«

Die Regierungsarmee und die Abtrünnigen bekämpften sich von morgens bis abends. Um den Zug wieder ins Rollen zu bringen, hatte die internationale Gemeinschaft die neunzehn Nationalen Souveränen Konferenzen unterstützt, und die kreißten und gebaren eine Fledermaus. Trotz ihrer in China, Angola, im Sudan und auf Kuba ausgebildeten Soldaten war es der Zentralregierung nicht gelungen, den Aufstand niederzuschlagen. Die Aufständischen warfen der Zentralregierung vor, den Löwenanteil für sich zu behalten. Ohne unsere Provinz ist dieses Land eine Farce, wetterte der abtrünnige General. Wir lassen uns nicht mit Krümeln abspeisen, zumal wir diejenigen sind, die euch durchfüttern. Die Rebellen kämpften mit Pfeilen, Macheten und Steinschleudern. Sie nahmen einen *Fetichiseur* mit an die Front und hielten alle möglichen Arten von Vorschriften ein, um sich unverwundbar zu machen: sexuelle Enthaltsamkeit auf unbeschränkte Zeit, nicht baden, kein Rindfleisch, keine Schuhe et cetera. Von der Dauer des Konflikts angestachelt, zogen sich die Rebellen auf ein Stück Land zurück, Teil einer besonders wohlhabenden Provinz und Objekt der Begierde, und nannten es Stadtland. Und damit nicht genug, dem ehemaligen, unnötig weitläufigen, wunderbar öden Staatsgebiet, durch das sich ein breiter Fluss schlängelte, dessen einziger Zweck darin bestand, sich im Ozean zu ertränken, gaben sie den Namen Hinterland.

Menschen aller Börsen der Welt stürmten die Hauptstadt von Stadtland, die kleinste Hauptstadt der Welt, die lediglich aus einer Bar, dem berühmten Tram 83, und dem Bahnhof bestand, dessen halbfertiges Metallgerüst an Henry Morton Stanley erinnerte. Die Legende unterscheidet dabei drei Kategorien von Völkern.

Erste Kategorie: jene, deren Leben sich tagsüber abspielt, fast ausschließlich Beamte, denen nach monatelanger Unterschlagung der Löhne, über die allein sie Buch führen, das Wasser bis zum Halse steht. Sie hatten schon vor der Abspaltung in erbärmlichen Verhältnissen gelebt.

»Was sagt die Uhr?«

Die zweite Kategorie stellen die Nachtwandler dar. Deren größte Angst ist es anscheinend, im Schlaf zu krepieren. Daher nehmen sie einen Trank zu sich, der sie Tag und Nacht auf Standby hält. Zu dieser Gruppe zählen die Studenten, die Grubenarbeiter, die Küken, die gewinnorientierten Touristen und die Freunde und engen Mitarbeiter des Abtrünnigen.

Zu guter Letzt die Kategorie der Hartgesottenen, hier defilieren die Single-Mamis, die Organhändler, die Kindersoldaten mit ihren Kalaschnikows, die Apostel, die Kellnerinnen und die Aushilfskellnerinnen der Nachtschicht, die Musiker aus Ex-Zaire, die Straßenräuber und anderen Diebe. Sie schlafen tagsüber. Sie wissen besser als jeder andere, wie man über die Runden kommt. Sie sind Doktor honoris causa in den Fächern Korruption, Drogen, Sex, Plünderung, Erze, Veruntreuung, Saufen …, die Nacht ist ihre wichtigste Geschäftsgrundlage.

Die Jazzmusiker beschlossen ihren Auftritt mit einem Stück von Gillespie, *A Night in Tunisia*.

Drei Nigerianer mit schlaksigen Körpern, dicken Brillengläsern, Afro, Schlaghosen und gestreiften Hemden lösten sie ab. Vor lauter Bäumen sah man den Wald nicht mehr, ihr einziges Lied hieß *Life cries out, when will you wipe my tears?* und erstreckte sich über dreizehn Strophen bis in den frühen Morgen.

»Das kann locker eine Vier-Stunden-Schnulze werden«, flüsterte Requiem und musterte ein Mädchen, das sie von der Galerie aus inspizierte.

Die Nigerianer aus Ogbomosho besangen das Leben einer Prinzessin, »die eines Nachts im Januar in Stadtland auftauchte und einem Grubenarbeiter verfiel, der verheiratet und Vater von zwei Kindern war. Sie schloss Freundschaft mit der Frau ihres Geliebten und überschüttete sie mit ihrer Zuneigung …« Das Ende der Saga blieb ein Geheimnis, weil sie ab der achten Strophe auf Igbo, Yoruba und Hausa sangen.

»Trinkgeld …«

»Was rennst du die ganze Zeit aufs Klo? Du pisst dir noch das Hirn raus.«

»Was sagt die Uhr?«

Dieser tragische Verlauf löste Tränen und Zähneknirschen aus. Ein Mitglied der Dreifaltigkeit durchbrach die oberen Lagen seiner von Second-Lip-Zigaretten rau gewordenen Stimme und setzte das ganze Tram unter Strom. Während die Nigerianer heulten, ging eine Oben-ohne-Single-Mami mit einem Korb zwischen den Tischen umher. Die gewinnorientierten Touristen, die Grubenarbeiter, die Studenten, die Kellnerinnen, die Aushilfskellnerinnen, die Prediger, die aus ihrem goldenen Exil verjagten Hohepriester der Zweiten Republik und all die anderen gescheiterten Existenzen zeigten Reue, öffneten ihre Herzen und rückten ein paar Münzen raus.

»Was sagt die Uhr?«

Requiem nuckelte an seinem Bier, die linke Hand in der Hose.

»Man kann sich nie sicher sein, dass man nicht gerade vergiftet wird«, wiederholte er, wie um die schroffe Art der Kellnerinnen und Aushilfskellnerinnen anzuprangern.

Requiem und Lucien kippten Bier in sich hinein und warfen einander hin und wieder verstohlene Blicke, kurze Sätze und ein gequältes Lächeln zu. Nach zehn Jahren hatten sie sich so gut wie nichts mehr zu sagen. Jacqueline erwähnten sie lieber gar nicht erst ... Trotzdem seltsam. Lucien, vormals sehr gesprächig, stolperte über seine eigenen Worte. Ab und zu zog er ein Notizbuch aus der Tasche. Schrieb über das Tram 83 und die Mädchen mit den Silikontitten. Schrieb über den Gestank der analverkehrgeilen Grubenarbeiter. Schrieb über den Wahnsinn der Selbstmörder. Schrieb über die Angst der Touristen. Schrieb über die Unterwürfigkeit der Küken.

»Was sagt die Uhr?«

Schrieb über die Jazzmusiker, die nigerianischen Jazzmusiker aus Ogbomosho.

Lucien versuchte verzweifelt, eine Unterhaltung in Gang zu bringen.

»Und was machst du in deiner Freizeit?«

»Weißt du noch, als wir zum ersten Mal losgezogen sind, der Laden zum Brechen voll ...«

Requiem war weiterhin reserviert, zurückhaltend und abweisend.

»Verschon mich mit den alten Geschichten ...«

»Hast du eine Freundin?«

»Möglich ...«

»Wie die Zeit vergeht.«

»Ich liebe das Geld ...«

»Du arbeitest hart, wie ich sehe.«
»Nicht dein Problem.«
»Du ...«
»Dieser Jazz da gefällt mir nicht.«
»Ich sitze an einem Text.«
»Die Neue Welt, die Küken essen ihr Brot im Schweiße ihrer Titten ...«
»Ich bin froh, dich wiederzusehen.«
»Laber mich nicht voll ...«
Nebenbei inspizierte er die Rundungen, die in ihrem Sektor unterwegs waren. Einziger Schönheitskanon blieb der Fettsteiß. Die Schätzchen schworen alle auf den brasilianischen Po. Diesen Po musste man haben, den oder keinen. Aus Verzweiflung tranken sie ein Gebräu auf Sojabasis, nahmen Pillen und schluckten Präparate, die zur Vergrößerung der Schinken bei Schweinen gedacht waren. Die Wirkung ließ zu wünschen übrig: Es gab den Ananaspo, den Avocadopo, den Luftballonpo oder den Baseballpo; es gab Pos, bei denen eine Backe sehr viel größer als die andere war, schiefe, kantige, rechteckige Pos und Pobacken, die von alleine hüpften, et cetera. Eine junge Dame blieb stehen. Sie verhandelten in Morsezeichen, wahrscheinlich über den Preis. Die junge Frau verschwand in Richtung Toiletten. Requiem stand auf, der Beute auf den Fersen ... Die Toiletten im Tram 83 waren gemischt. Die Toiletten im Tram 83 waren nicht nach Geschlecht oder Herkunft der Touristen getrennt. Um den Reigen der Körper zu begünstigen, waren sie nur spärlich beleuchtet. Requiem und das Mädchen verschwinden in der Höhle und kommen mit verschwitzten Gesichtern wieder heraus. Das Mädchen bemüht sich, den Reißverschluss ihrer engen Jeans wieder hochzuziehen. Einen Augenblick später wird Requiem angerufen und befiehlt: »Steig ins Auto und hol die Ware ab, Vollidiot!«

»Trinkgeld ...«

»Was sagt die Uhr?«

»Und was machst du in deiner Freizeit?«

»Die Neue Welt ...«

»Gangnam Style oder Blasen.«

»Blasen ist meine größte Leidenschaft.«

Ein halb betrunkener Tourist stürzte ins Tram.

»Schau dir den an, den hab ich in der Tasche«, sagte Requiem und musterte ihn. »Es kann nie schaden, Fotos von den Leuten zu haben. Seit zwei Jahren habe ich seine Fotos, und seitdem ist er mein Sklave. Wenn ich wollte, würde er mir sogar einen blasen.«

»Was für Fotos?«

»Erklär ich dir später. Übrigens werde ich auch zusehen, dass ich welche von dir bekomme.«

Der Tourist kam zu Requiem und Lucien und begrüßte sie unterwürfig.

»Haut rein, schlagt euch den Magen voll, trinkt, so viel ihr könnt, geht alles auf meine Kosten. Ich sag an der Bar Bescheid ...«

Requiem lachte lauthals.

Luciens Nerven lagen blank, er hatte Bauchschmerzen. Die Zugfahrt hatte ihn erledigt. Doch er tat so, als wäre alles bestens, um Requiem, der nicht gerade in Plauderstimmung war, nicht zu verärgern. Beim ersten Angelusläuten gingen sie. Draußen die Crème de la Crème. Zwei Mädchen boten ihnen einen Handel an. »Wir bringen euch auf Touren!« Lucien nuschelte etwas Unverständliches, entschuldigte sich mit seiner Müdigkeit. Requiem empfahl ein Medikament. Requiem besänftigte die Mädchen, die schon eine Entschädigung für die vertane Zeit forderten. »Das ganze Gerede für nichts, und dabei seid ihr doch scharf auf uns.« Requiem beruhigte Lucien, der weiter vor sich hin jammerte. Requiem hatte die Situation im Griff ...

»Die Neue Welt, Neu-Mexiko, die heutige Zeit ...«

»Ich bin verheiratet.«

»Treue Männer gibt es nicht.«

»Aber Requiem ...«

»Ich will ja bloß nicht unhöflich sein.«

»Denk an Jacqueline ...«

»Die braucht mal einen echten Kerl.«

Eines der beiden Mädchen: Wir verstehen uns aufs Blasen.

Ein Junge mit einem Bauchladen kam ihnen entgegen. Sie versorgten sich mit Erdnüssen, Zitronen, Grillspießen, Schnellstartern und anderen Aphrodisiaka. In der Ferne ertönten zwischen zwei melancholischen »Was sagt die Uhr?« die Flüche der Grubenarbeiter; von einem Minarett eine Fatwa, die die sofortige Hinrichtung des Besitzers des Tram 83 verlangte; ein von Mosambikanern betriebener einarmiger Bandit unter freiem Himmel, das Gedröhn der Schrottkarren, der Monolog einer Kalaschnikow, das düstere und wehmütige Jaulen einer läufigen Hündin.

»Was sagt die Uhr?«

3. Mit Fleischtomatentitten-Single-Mamis daheim bei Requiem ...

Requiem lebte in Les Vampires, einem bürgerlichen Viertel zwischen Bahnhof und Stadtzentrum. Für einen Single der Neuzeit war seine Wohnung ziemlich groß. Das Vampir-Viertel war zu Kolonialzeiten entstanden. Aus beständigen Materialien, erbaut, um zu überdauern, Terrakottaziegel, von Flammenbäumen, Nadelhölzern und Westindischen Frangipani gesäumte Straßen. Die ersten Europäer, die die Gegend in Beschlag nahmen, starben wie gewohnt an den Folgen der
»Lebt ihr allein?«
»Ja.«
»Wir verstehen uns aufs Blasen.«
prekären hygienischen und klimatischen Bedingungen. Es galt, diesen Ort um jeden Preis umzugestalten: Anständige Mauern errichten und das Gefühl des Exils und der Entwurzelung bekämpfen, das ihrem »Business« schadete, wieherte Requiem, in dessen Adern das Blut eines russischen Reeders floss, der gekommen war, sein Glück in der tropischen Hitze zu suchen. Im Sommer 1972 munkelte man im Tram 83, er habe slawische Wurzeln. Im Februar 1982 munkelte man im Tram 83, er habe vietnamesische Wurzeln. Im September 1992 munkelte man im Tram 83, er habe komorische Wurzeln.
Der Legende zufolge hatte man eine Schmelzhütte errichtet, um
»Nennt mich Astrid. Ohne Zärtlichkeiten kann ich nicht leben.«
»Ich bin Emilienne und frei wie der Ozean ...«

»Requiem ...«

»Sprich, ich bin ganz Ohr.«

Kupfer abzubauen. Und die nähere Umgebung dieses kleinen Betriebs hatte man als Standort für die neue Stadt auserkoren. Die Arbeiter der Schmelzhütte hatte man ganz in der Nähe einquartiert. Wenige Kilometer entfernt hatten sich die Behörden, die Banken, die Post angesiedelt ...

Man ... Im Anfang der Stein, und der Stein, die Bahntrassen und die Bahntrassen, die Ankunft von Menschen aller Nationalitäten, die alle denselben Dialekt sprachen: Sex-Coltan, berauscht vom Sex und vom schnellen Geld, pervers, von Geburt an skrupellos und für jeden Coup zu haben, solange nur etwas dabei herumkommt, Geld und Sex, vor allem aber Geld!

»Ich fick nicht mehr. Für heute Nacht bin ich erledigt.«

»Ein geschmackloser Scherz.«

Die Aufspaltung zwischen einem europäischen Teil und den afrikanischen Bewohnern schlug sich zwischen 1910 und 1920 im Bebauungsplan nieder. Die Neuankömmlinge mit ihren Universitäten, Schulen, Krankenhäusern und Kirchen im Schlepptau behielten sich vor, in der Stadt zu leben,

»Der Wilde Westen?«

»Warum?«

»Wir sind die Zivilisation der Eisenbahntrassen ...«

»Ist was mit meinen Titten?!«

und zwangen Letztere, ihres Zeichens Einheimische, vor der Stadt zu leben. Nur einige Musiker mit einem scharf gewürzten Gospelrepertoire des südlichen Afrikas – Nordrhodesien, Njassaland ... – fanden Zugang zu den geschlossenen Kreisen. Gleiches galt für Domestiken und einige Vertrauensmänner. Mit vagen Begründungen.

»Ist was mit meinen Titten!«

Sie überquerten ein Dutzend Schienen, liefen eine gute

halbe Stunde die Hauptstraße entlang und befummelten einander dabei ...

»Ich liebe das Geld. Wer liebt das Geld nicht?«

Sie waren da. Handelten die Tarife hoch und wieder runter. Rauchten Nikotin auf Nikotin. Schufen sich ein Himmelreich aus Wiesen und Wolken. Zogen gerade Linien und schiefe Winkel, mit anderen Worten: Unterleibsfreuden ...

»Kuscheln!«

4. Der Mensch und der Wind haben eines gemeinsam: Sie sind nicht besonders bodenständig. Sie sind Nomaden, kommen und gehen wie Liebeskummer, Verspannungen, Unabhängigkeiten und Befreiungskriege, wie das dringende Bedürfnis, sich zwischen zwei Netzentlastungen im Treppenhaus eines Mietshauses zu erleichtern.

Lucien verließ das Bett nachmittags um drei. Requiem und die Mädchen waren schon ohne ihn weitergezogen. Brummschädel, Übelkeit und stechende Kopfschmerzen. Sobald er ein Glas zu viel trank, litt Lucien unter Unpässlichkeiten dieser Art. Warum zum Teufel hatte er sich zu Trunkenheit und irdischen Freuden hinreißen lassen? Er schob seine Müdigkeit auf Letztere und seine Kopfschmerz-Übelkeit auf den Alkohol. Er versuchte zu gehen. Seine Waden zitterten. Bewegen war unmöglich.

»Requiem!«

Er rief nach ihm. Nichts. Sicher war sein Gefährte wieder in irgendeiner Geldangelegenheit unterwegs. Warum sonst war er verschwunden und hatte ihn in seinem Elend allein gelassen? Mit halboffenen Augen schlief er wieder ein ...

Lucien war einer von denen, die ständig Albträume haben. Er hatte zwei hintereinander, ohne die kleinste Unterbrechung. Er begann sie zu analysieren. Der erste Traum war nicht besonders apokalyptisch. Eine metallische Stimme, über die sich Jacquelines Visage stülpte, befahl ihm, seine Zettelsammlung einzupacken und den ersten Zug Richtung Hinterland zu nehmen, dem Ort, wo Milch und Honig fließen. Und er, in einem

Anzug ohne Ärmel auf einer Theaterbühne, sträubte sich, verhöhnte beide, Stimme und Visage, und verhandelte in einer Sprache ohne r, z, a und s. Er verteidigte sich und versuchte sich damit herauszureden, dass sein Leben ihm gehörte und er es hinschmeißen könnte, wo immer er wollte. Stimme und Gesicht nahmen nun andere Züge an. Ihm fiel auf, dass er nicht auf einer Theaterbühne, sondern in einem Boot war, das gerade einen nebligen Hafen verließ; zwischen seinen Beinen eine Katze, die ihm den linken Fuß ableckte.

Er schüttelte den Kopf, ächzte lautstark, nahm seine Tasche, holte sein Notizheft hervor, schrieb ein paar Zeilen. Er begann, die Gestalten aus seinem Traum Schritt für Schritt zu untersuchen. Die bellende Stimme, Gott oder vielleicht ruhelose Manen. Er verehrte die Geister der Verstorbenen, aber seit dem Tod seiner Tochter hatte sich sein spirituelles Leben verändert. Warum bloß Jacquelines Visage und nicht die von Requiem oder gar Emilienne? Vielleicht weil du gerade ihre Blöße enthüllt hast, sagte er sich. Und selbst wenn, wo war der Zusammenhang? Und der Zug, der für Fahnenflucht und Exil steht? Das Boot? Die Katze in den Farben von Juventus Turin?

Zweiter Traum. Wie im Prolog des ersten ist er auf einer Bühne, diesmal in einem Konzertsaal, und begleitet Toumani Diabaté, *Les Variations mandingue*. Am Ende eines Stücks bestürmen ihn alle, einschließlich der Musiker, Stadtland zu verlassen. Im Traum steht er auf, um zu gehen. Wohin? Er bemerkt, dass er nackt, schweißgebadet und schmutzig ist. Schuhe, Kleider, Tasche, Notizheft und Taschentuch, alles weg! Nackt tritt er den Rückzug an. Da heftet sich eine aufgebrachte, Drohungen und Gleichnisse keifende Menschenmenge an seine Fersen. Er beugt sich vor, rückt das Kissen zurecht, versucht weiter, das Rätsel zu lösen. Er seufzt und gleitet wieder in den Schlaf und sicher auch in einen neuen Traum …

Requiem war noch immer nicht zurück. Der Mann mit den Dampflokschuhen kam nur nach Hause, um Kohle abzuladen oder welche zu holen. Seine Nachbarn hassten und bewunderten ihn gleichermaßen. Wenn er von seinen Streifzügen zurückkehrte, erlag das ganze Mietshaus seinem Luftpiratencharme. Requiem für eine Neue Welt alias Sohn der Nation alias Der Mensch und seine Bestimmung alias Al Pacino alias Der Mythos des Sisyphos alias Der Gründer alias Der Bevollmächtigte alias Der König Nzinga Kubu alias Seine Durchlaucht alias Ancien Régime alias Der Herr der Ringe alias Marschall alias Oberster Führer alias Patriarch alias Der vernunftbegabte Mensch alias Sambesi-Fluss alias Hitler alias Don Quijote alias Proto-Bantu alias Lino Ventura (mit vollständigem Namen Angiolino Giuseppe Pasquale Ventura) alias Der Neandertaler alias Venezuela alias Négritude alias Sansibar alias Sibirien alias Bertolt Brecht alias Halbgott alias Nationale Identität alias Kolonialherr alias Der Pole alias Was will das Volk alias Einbahnstraße alias Obama alias Auswärtstore zählen doppelt alias Dostojewski alias Der verrufenste Marquis aller Zeiten alias Sultan alias Cousin des abtrünnigen Generals alias Pascha alias Mani-Kongo alias Susuhunan alias Raja alias Minangkabao oder Minangkabau (meist Minang abgekürzt, fälschlicherweise auch Urang Padang genannt) alias Der Negus alias Schwarzmarkt alias Haile Selassie alias Fürstpropst von Berchtesgaden alias Maharadscha (was »König der Könige« bedeutet) alias Schah alias Tika Sahib Bahadur alias Kalif alias Emir alias Fatwa alias Freiherr alias Makoko von Mbé (König der Téké) alias Saigon alias Der Mann, der Wasser zu Wodka macht alias Der legitime und direkte Nachfahre von Soundiata Keita alias Schiedsrichterball alias Neu-Mexiko alias Jetlag alias Schengenraum alias TV5 alias G7 alias Wer getrunken hat, wird trinken alias Der Türöffner alias Die lange Geschichte des großen Mao Zedong alias Die Dornenvögel alias Die Börse von Tokio. Seine Adelstitel richteten sich nach den Jahreszeiten und Beutezügen im Labyrinth des Polygons der Mine der Hoffnung.

Man gab ihm beispielsweise den Spitznamen Goldmine, wenn er einen Handel mit den Südosseten abschloss, Schiedsrichterball für seine Kaltblütigkeit, vor allem, wenn sein Verhältnis zur Justiz unterkühlt war, Neue Welt oder der größte Impressario unter den Yankees, wenn er in seinem Englisch herumschlitterte, das nach neben tripperkranken Schätzchen geköpften Flaschen stank, Ideologe, wenn er wortgewaltig Geschichten von entgleisten Drogentransporten erzählte und die ganze Stadt bedient sich nach Herzenslust und der Marktwert der Ware sinkt und die Nachtklubs eröffnen zu diesem Anlass Zweigstellen und die Studenten mit ihren Streiks ohne Licht am Ende des Tunnels schießen sich völlig ab und die Grubenarbeiter laufen zur Höchstform auf, um den hochkarätigsten aller Diamanten aufzuspüren, und die Mädchen mit hängenden Brüsten kaufen sich Wachstumshormone oder sind kühn genug, euch direkt in die Augen zu schauen, und die Musiker bringen die Kraft auf, den Jazz zu verschleudern, und die Touristen nutzen die Kursschwankungen, um sich die unersättlichen Bäuche vollzuschlagen, und die Verkünder von Fatwas finden eine Rechtfertigung und die Prediger schüren ihre Ängste und die Milizen greifen wieder zu den Waffen, um in den zehnten Befreiungskrieg zu ziehen, und ...

Requiem war noch immer nicht zurück.

22 Uhr 30. Zeit zu beten. Beten = huldigen = seine Organe und das letzte Kleingeld opfern zu Ehren der Götter des Alkoholrauschs, der Untreue, der Impotenz, der Ausschweifung, der Reagenzglasbefruchtung, der Befruchtung in den gemischten Toiletten des Tram 83 ... Mühsam stand er auf. Verdammt,

ein weiterer Albtraum. Er schleppte sich zur Küche. Ein Glas Wasser ... Der Kühlschrank, dreckig und leer. Niemand hatte ihm gesagt, dass Requiems Leben nach den Zügen der Studenten und staubfressenden Grubenarbeitern getaktet war. Regel Nummer 64: Lasst sie einen auf dicke Hose machen, sie besetzen die billigen Plätze; Regel Nummer 67: Die Mächtigsten machen die Mächtigen fertig, die Mächtigen kacken den Schwachen in den Mund, die Schwachen sperren die Schwächsten weg, die Schwächsten geben sich gegenseitig den Rest und machen einander Beine. Der Hunger setzte ihm zu. Seit seiner Abreise aus Hinterland hatte er nichts mehr zwischen die Zähne bekommen. Mit etwas trockenem Brot, Kartoffeln und Bananen war er in den erstbesten Zug gesprungen. Abtrünnige Rebellen hatten alles konfisziert. (Kriegswichtiges Gut. Wir haben Hunger, und du bist unsere Kornkammer!) Als er durchs Wohnzimmer kam, entdeckte er auf dem Tisch ein fast leeres Blatt Papier. Requiem hatte eine Nachricht hinterlassen: »Besorg dir was zu essen, ein Ding der Unmöglichkeit, wir hören uns heute Abend, schau dir die Stadt an, lebe!« Er legte sich aufs Sofa. Ein seltsamer Geruch. Hier hatte er, der andere, geschlafen. Er schaltete den Fernseher ein. Eine Reportage über einen Zusammenstoß zwischen Studenten und Grubenarbeitern im Bahnhof, dessen halbfertiges Metallgerüst an die verrückten Jahre mit Leopold II. erinnerte. In zerknitterten Klamotten ging er zurück ins Zimmer, zog sein Notizheft aus der Tasche.

Seit seiner Abreise hatte er fast nichts mehr an seinem Text gemacht. Zwanzig Figuren und nur ein paar Monate, um den Text aufs Papier zu bringen. Keine Kleinigkeit. Er stand in regem Austausch mit einem Freund, der in Paris lebte. Der Freund knüpfte Kontakte und hatte angeblich schon Zusagen von ein paar französischen Theatern, die den Text inszenieren wollten, bevor er durch Brasilien, Chile und Kuba touren würde. Der Text hätte schon vor vier Monaten fertig sein sollen, aber die Umstände hatten ihn davon abgehalten, seine Figuren neu aufzustellen.

Die erste Fassung des Manuskripts war verbrannt. Im Übrigen war er selbst es gewesen, der sie ins Feuer geworfen hatte. Glaubt ihr etwa, er hätte die Wahl gehabt, mit einer Kalaschnikow im Nacken? Sie waren mitten in der Nacht gekommen, mit ihren roten Berets, und verlangten eiskalt: »Wirf es da hinten rein, es soll brennen.« Er hatte sich heftig gewehrt, aber mit einer Kalaschnikow im Nacken …

Ein paar Tage nach diesem Vorfall hatte der Freund aus Paris, Porte de Clignancourt, angerufen, um sich nach dem Text zu erkundigen: »Wie kommst du voran? Diese Sache ist von äußerster Wichtigkeit.« Er stammelte etwas zu seiner Entschuldigung. Es ist schon eine merkwürdige Tugend, die Zeche immer selbst zahlen zu wollen. Das hatte er versucht, was aber nicht hieß, dass er seine Inspiration wiederfand und seine literarischen Ergüsse Wort für Wort, bis aufs letzte Komma erneut zu Papier bringen konnte. Trotz des Verlusts seiner Tochter und der Krankheit seiner Frau hatte er sich hingehockt, um alles noch einmal aufzuschreiben, aber der Freund aus Paris, Porte de Clignancourt, rief ihn an, tobte, fluchte, rief wieder an: »Was soll das, Lucien? Ich verscherze es mir mit den Franzosen, und du verschläfst den ganzen Tag!« Er hätte zugeben sollen, dass sein Bühnen-Epos den Flammen zum Opfer gefallen war, weil ein Typ mit einem roten Beret ihm eine Pistole in den Nacken gehalten hatte, dass seine Tochter tot war und so weiter.

Im Fahrstuhl sprach ihn ein Mädchen an.

»Und, bei dir?«

»Nichts weiter.«

»Ich bin Christelle.«

»Ja ...«

»Chris für meine Freunde.«

Er war zerstreut. Der Hunger. Die Müdigkeit. Die Hitze. Die pausenlosen Anrufe vom Freund aus Paris, Porte de Clignancourt. Seine Figuren waren ihm fremd geworden. Die Albträume. Der Lärm im Tram 83. Requiem, dem er vertraut hatte und der nur noch auf die Neue Welt schwor.

»Ich blase für mein Leben gern.«

Obwohl von den Ereignissen völlig überrollt, strahlte er immer noch Hoffnung und sogar Schönheit aus. Ein Freak. Ziemlich weltfremd. Bart. Ungeputzte Schuhe. Die Haare im Wind. Schlecht rasiert. Umfragen belegen, dass achtzig Prozent der Mädchen ihr Herz an solche Typen verlieren. Das wirkt exotisch, afrikanisch, zeitgenössisch, Neu-Mexiko ... Die Mädchen stehen mehr denn je auf Männer mit einer zwielichtigen Geschichte, einer bis an den Rand gefüllten Polizeiakte, einer zweifelhaften Vergangenheit, zum Beispiel einem Deal mit Touristen aus Beijing.

»Ich kann dich glücklich machen, komm schon ...«

Requiem erwies sich als wahrer Prophet. Er hatte Lucien schon am Nordbahnhof gleichnishaft vorgewarnt: »Stadtland funktioniert folgendermaßen: Die Mädchen sind frei, demokratisch und unabhängig. Das Elend gibt dem Schamgefühl und eurer Höflichkeit den Rest. Hier ergreift oft das Mädchen die Initiative, ob Küken oder das komplette Gegenteil. Sie baut dich in ihre Strategie ein. Sie schaut dir direkt in die Augen. Sie fragt dich nach deinem Namen. Sie sagt dir, dass du einen schönen Körper hast und dass sie von deiner Stimme Gänsehaut bekommt. Sie ruft dich an, sie ruft dich wieder an ... Sie klebt an dir wie ein Blutegel. Aber nicht unbedingt aus Liebe oder anderen großen Gefühlen. Sie klammert sich an dich, weil du alles zahlst, die Getränke (bei dem Bierpreis im Tram 83!) und das Essen (vor dem Tram, in Buden für Haushundragout, Maniok und geräucherten Reis mit Zwiebeln), und wenn ihr im Bett wart, gibst du ihr für die geleistete Arbeit ein wenig Geld, für die Fahrtkosten und so weiter. Beim Bumsen gibt das Mädchen den Ton an. Sie hat die Kontrolle über alles, von der Schöpfungsgeschichte bis zum Brief an die Korinther, leg das Bein da hin, leg deine rechte Hand auf meinen Bauch, tu so, als wär ich dein Pferd, liebkose meine Karosserie, zurück, vor, zurück, langsam vor, stopp, jetzt streichle meine Haare ...«

»Mein Name ist Lucien.«

»Wohnst du beim Ersten Menschen?«

»Wer ist das, der Erste Mensch?«

»Requiem.«

»Seit gestern.«

»Dein Bruder? Ich sehe da eine Ähnlichkeit. Man erzählt sich, sein Bruder lebt und arbeitet in Peru.«

Das Mädchen hatte sich ihm genähert, rückte ihm auf die Pelle.

»Peru ...«

Er lächelte.

Sie legte ihren Kopf auf seine linke Schulter.

»Peru ...«

»Du entsprichst der Beschreibung.«

Dunkel. Christelle stieß einen kurzen Schrei aus. Stromausfall, allgemein bekannt als »Netzentlastung«. Er blieb ruhig, schaute nachdenklich.

»Mein Herz sagt mir, ich soll keine Fahrstühle nehmen. Die Netzentlastung kann es mit dem Angelusläuten und dem Herrn vom Minarett aufnehmen.«

»...«

»Was treibst du so?«

»Ich?«

»Du siehst nicht gerade aus wie der letzte Idiot. Geschichtslehrer?«

»Ex.«

»Schämst du dich nicht?«

»Warum?«

»Energieverschwendung. Unsereins lebt im Hier und Jetzt. Und wie kommst du über die Runden? Die Studenten streiken, das kann Jahre dauern!«

»Arbeitest du?«

Die Bewohner von Stadtland brabbelten wirres Zeug, wenn man sie nach ihrem Beruf fragte. Piepsige Stimme. Ausweichende Antworten. Zusammengekniffene Augen. Diffuser Blick, so undurchschaubar wie die Züge, die losfahren und die Studenten und Grubenarbeiter zurückbringen. Sie kacken in den Zug, fügte Requiem hinzu, den Tränen nahe, als wäre er ein Tourist oder der Cousin von einem Touristen.

»Nun ja, ich verfolge da so eine Sache.«

»Eine Detektivin also«, sagte er ironisch.

»Bloß eine heiße Spur.«

Krach im ganzen Gebäude. Der Strom kehrte zurück. Christelle, Chris für ihre Freunde, nutzte die Gelegenheit und wechselte das Thema.

»Du bist eingeladen zu unserer Coupé-Décalé-Party am Samstag, hast du Zeit?«

»Nein.«

Unten trennten sie sich, hocherfreut, Bekanntschaft gemacht zu haben.

»Hast du zufällig ein bisschen Kleingeld?«

»Ich bin arm ...«

»Verheiratet?«

»Nicht wirklich.«

Er hatte die Lektion Gespräch mit einer jungen Frau, der man im Fahrstuhl über den Weg läuft, gut gemeistert. Requiem hatte ihm den Trick verraten: »Versuch unter allen Umständen, uneindeutig, kalt und melancholisch zu wirken.«

»Magst du mich?«

Er überquerte die Straße.

5. Zweite Nacht: Die Nacht trug Bikini und Unterwäsche, die sie nicht ausgewrungen hatte.

Schrottkarren im Straßengraben, Tiefkühlkost von den Galapagosinseln, Plunder, Ventilatoren, Ölwechsel, Schafe, Sarkasmen, Leichenwagen auf der Suche nach Frischfleisch, melaninverseuchte Eier, Reliquien, Minarette, so weit das Auge reicht, Kneipen, Bäckerei-Miederwaren-Fleischerei-Sägewerk-Fischläden, Telefonkabinen, Internetcafés, Vorstrafenregister, stehende Pfützen, hart umkämpfte Abfalleimer, herrenlose Hunde, Straßensperren, Müllberge, Schwarzmarkt für Ware und ihre Derivate, Diskotheken, abgehalfterte Lokomotiven, Kirchen der »wiedergeborenen Christen der Erweckung«, Hahnenkämpfe, Vergeltungsschläge, Box-Galas, mückensprayresistente Mücken, Buhrufe, Fuhrwerke, Weicheier im Dienst der Schrecklichen, Pithekanthropi, Wäschereien, Begehren, Gebräu, arrangierte Verwitwungen von Soldatenfrauen, falsche Schlangen, brandaktuelle Häme aus der ausländischen Presse, Krieg-und-Öl-Träumereien abtrünniger Rebellen, Zaubertränke zum Heilen namenloser Krankheiten, Brandung und Brandung, Kannibalen, Bluter, Küken mit ihrem »Was sagt die Uhr?«, Kolosse auf tönernen Füßen, Räucherhallen, Palimpseste, Kathedralen, auf Kaution freigelassene Wiederholungstäter in Polizeigewahrsam, die mit der Tatwaffe zum Tatort zurückkehren, Orientteppiche, Selbstmörder, das Kommen und Gehen von Nacktflitzerblitzern, Stilblüten, Reste, Prolegomena, finstere Blicke, in Papiertaschentücher paraphrasierte-kanalisierte Erektionen ... Die Nacht kam in Bikini und Unterwäsche, die sie nicht ausgewrungen hatte.

Alle Nächte haben eine Gemeinsamkeit: Sie sind lang und beliebt beim Volk.

Sie strotzen vor Pöbel. Sie vernebeln das Bewusstsein und fördern Neurosen. Sie verwirren die Sinne, bis eine Matratze nicht mehr von einer Standuhr zu unterscheiden ist. Sie kommen von Herzen, sie improvisieren, sie erleichtern Partnerschaftsverträge aller Art zwischen fremden Körpern.

Lucien lief immer geradeaus. Er überquerte zwei Straßen. Er blieb am Kreisverkehr der Industrie stehen, um wieder zu Atem zu kommen. Stürzte ins erstbeste Lokal.

»Ich habe Hunger.«

»Was möchten Sie?«

»Eine schöne heiße Suppe und als Hauptgang Kalbsnieren an Paprikagemüse.«

»Tut mir leid, hier gibt es nur Chinesisch.«

Er zitterte wie ein Kind, das sich als Taschendieb versucht. Er hatte nur eine Sorge: sich den Bauch vollschlagen.

»Tut mir leid.«

Regel Nummer 34, Hunger, Vorsicht! Man hat schon von gerade abgestillten Kleinkindern gehört, die Züge gekapert haben, mitsamt der Ware und allem, was sich drinnen und draußen bewegte. Mittelbarer Grund: Hunger, dem man nicht entkommen kann. Sofortige Folge: bewaffneter Raubüberfall mit Blutbad.

»Eine Suppe, zwei Schalen Reis mit irgendeiner Soße.«

Er setzte sich. Man brachte ihm eine Art Becher.

»Guten Appetit.«

Sein Gaumen jubilierte bei jedem Bissen. Sein Hemd bekam Flecken, es war ihm egal. Die Leute musterten ihn, während er wie ein Wilder seinen Teller leerte.

»Mein Trinkgeld.«

Lucien verließ das Lokal so hastig, wie er es betreten hatte.

Auf der Suche nach einem unbekannten Glück ging er hinaus in die Dunkelheit. Er dachte an nichts. Irrte umher. Blieb stehen, um Straßenjongleuren zuzuschauen.

»Was sagt die Uhr?«

Er führte Selbstgespräche. Er stocherte im Nebel seiner Vergangenheit. Er stieg über die Bordsteinschläfer. Die Stadt war voll von diesen Jungs, die den Rekord im Langschlafen hielten. Sie nahmen Drogen und sahen dann wochenlang kein Tageslicht. (Ein paar Frauen waren so mutig, es auch zu versuchen. Sie hielten nicht lange durch. Sie wurden vergewaltigt, in ihrem langen Schlaf einfach missbraucht.)

Er beneidete die Jungs. Ach, hätte er doch den Mumm, es ihnen gleichzutun! Ach, könnte er doch dieser völlig verdreckte junge Mann sein. Der war wahrscheinlich glücklicher als all diese verkrampften Heuchler, die Verantwortung für Situationen übernehmen wollen, über die sie längst keine Kontrolle mehr haben.

»Liebst du mich oder liebst du mich nicht?«

Stadtland gehört zu den Gebieten, die das stille Leiden schon hinter sich gelassen haben. Sobald du auf die Welt kommst, teilst du dasselbe Schicksal, dieselbe Geschichte, dieselbe Schinderei, die Züge, die Verkommenheit, das Bier im Tram, die Hundespießchen, den Plot. Du fängst als Küken oder Knirps oder Kindersoldat an. Dann wirst du streikender Student ohne Ende des Tunnels oder Draufgänger. Wenn du Familie bei der Bahn hast, arbeitest du bei der Bahn, ansonsten zerschellst du wie ein Schiff am Ufer der Hoffnung, Selbstmörder, Wegelagerer, Schürfer mit verfaulten Zähnen, Mechaniker, öffentlicher Schläfer, Kommissionär, Laufbursche für gewinnorientierte Touristen, Gebrauchtsarghändler ... Euer Weg ist vorgezeichnet, euer Schicksal besiegelt. Besiegelt wie das der Lokomotiven, die Halbtote und Waren aller Art transportieren.

Der Tod hat keinerlei Bedeutung, weil man noch nie wirklich gelebt hat. Man tut, als würde man leben. Man erfindet ein Scheinleben. Man erfindet ein Leben aus Pornostreifen. Das Einzige, was in Stadtland leicht zu beschaffen ist. Deshalb helfen sich alle mit amerikanischen Pornos oder russischen Pornos, um Monotonie, Fieber, Schlafkrankheit, Erdbeben, Cholera und Grubenunglücken zu entkommen, mit Ausnahme derer, die im Tram 83 rumhängen, es lebe die Globalisierung, es lebe der amerikanische Porno, es lebe der russische Porno!

»Was sagt die Uhr?«

»Egal.«

»Das Vorspiel ist wichtig, aber wenn man es zu ernst nimmt, stirbt die Liebe.«

Er blieb stehen, plauderte ein wenig mit einem Kind, das zu später Stunde Guaven verkaufte,

»Bist du Tourist?«

»Wieso?«

»Weil nur Touristen nett zu uns sind. Und dann machen sie Fotos, die sie zu Hause verkaufen.«

»Ich bin kein ...«

»Gib mir Geld.«

nahm ein Mofataxi Richtung Tram 83.

6. Begegnung im Tram 83 mit einem Verleger,
den der Himmel schickt ...

Lucien kam gegen drei Uhr morgens ins Tram 83. Menschen aller Sprachfärbungen, immer dieselben. Ebenso die Single-Mamis, also die Frauen. Dunkel. Eine eigens aus Acapulco angereiste Kapelle spielte ein Opus von Marvin Gaye in einer Neubearbeitung. Die Instrumente konnten sich kaum auf den Beinen halten. Zwei Kerle am Schlagzeug. Drei am Attacke-Gesang. Zwei langhaarige Typen an den Leadgitarren. Ein Saxofon. Und der Big Boss der Combo höchstpersönlich, mit Hosenträgern und dem Hang, die vier Grundstimmen munter zu mischen (mal Sopran, mal Alt, mal Tenor, mal Bass und Zweite Stimme). Während er in Fahrt kam, pirschte sich ein junges, halbnacktes Schätzchen nach vorne. Eine Strategie, um das Publikum zu erobern, das sie ohnehin schon in der Tasche hatten. Euphorie ... Mühelos gelang es ihnen, den ganzen Raum zu elektrisieren. Niemand beim Jeu de Paume. Niemand beim Bowlen. Niemand beim Pokern. Niemand beim Schach. Und auch niemand in den Sanitäranlagen. An der Uni hatten er und Requiem dieselben Methoden angewandt. Vor der eigentlichen Show das Dessert: zum Beispiel eine Zirkusnummer oder ein kurzer Strip von fünf Freiwilligen. Das hatte Aufmerksamkeit erregt. In Ekstase zogen sich die Studenten aus, erklommen das Podium und priesen die Freuden der verbotenen Früchte. Requiem, damals ein guter, ein sehr guter Schauspieler, hatte sich noch nicht mit dem Gedanken abgefunden, es dem Publikum so leicht zu machen. »Was für eine Verschwendung«, rief er aufgebracht, »wir sind für die

Texte gekommen und nicht für irgendwelche Orgien!« Natürlich war der junge Requiem von einer ganz anderen Tonart gewesen, ruhig, ernst und strebsam. Die Zeit verwandelt sie in Arschlöcher, die nur darauf warten, die Waffe zu ziehen. Das soll nicht heißen, dass Requiem ein Arschloch war, da muss man differenzieren.

»Was sagt die Uhr?«

Lucien steuerte auf den Tisch zu, an dem sie am Vortag gesessen hatten. Dort hatte schon ein Mann um die fünfzig Platz genommen, Typ Oberstudienrat. Allein mit seinen Zigaretten und einer beachtlichen Anzahl von Flaschen, ein Zeichen für gewohnheitsmäßiges Trinken. Wer sich hier die Kante gab, behielt die leeren Flaschen auf dem Tisch, um Missverständnisse zu vermeiden. Die Kellnerinnen und Aushilfskellnerinnen hatten die Angewohnheit, aus drei bis fünf Flaschen zehn zu machen. Daher wunderte es niemanden, wenn ein Kerl fünfzig leere Flaschen vor sich stehen hatte, auf dem Tisch und sogar auf dem Boden.

»Guten Abend. Ist hier noch frei?«

Im Stehen, vor dem offenbar sehr sympathischen Herrn.

»Ja, bitte.«

Kaum sitzend:

»Woher kommst du?«

»Aus dem Vampir-Viertel ...«

»Und davor, bevor du dort gelandet bist?«

Lucien stammelte etwas. Er dachte an seinen Freund, Porte de Clignancourt, der sich um Kontakte zu Pariser Theatern bemühte, während er sich auf stümperhaften Konzerten herumtrieb. Er dachte an das Mädchen aus dem Fahrstuhl. Er dachte an den Stromausfall.

»Ich komme aus Hinterland.«

Der Mann wurde immer neugieriger. Er faltete die Hände,

wie um eine höhere Macht anzurufen. Ein goldenes Armband am linken Handgelenk ließ Lucien das finanzielle Kaliber seines Gesprächspartners ahnen. Reiß dich zusammen, vielleicht hilft er dir, wieder auf die Beine zu kommen, sagte er sich.

»Wie das?«

»Ich bin auf der Durchreise. Ich weiß nicht, ob ich noch lange hierbleibe ...«

»Ich sehe doch, dass es das Leben hier gut mit dir meint.«

Das sagte er stolz wie Archimedes bei der Entdeckung seines »Ein Körper, der in eine Flüssigkeit eingetaucht ist, erfährt von dieser einen Auftrieb, der gleich ist dem Gewicht der vom Körper verdrängten Flüssigkeit«.

»Ja, es gefällt mir ganz gut hier.«

Das Bild von seinem Freund, Porte de Clignancourt, stieg wieder in ihm auf. Ich hier mit dem Festival der Frankofonie im Limousin, dem Tarmac und diesen ganzen Pariser Theatern und den Kontakten nach Brasilien. Und du da, dir gefällt es ganz gut mit diesem Typen, der dich mit Fragen löchert?

Er seufzte.

»Was sagt die Uhr?«

Eine Kapelle, bestehend aus Indios aus Amazonien, machte sich für ihren Auftritt bereit. Die Vernehmung ging indes weiter. Bei dem Herrn musste es sich um eine einflussreiche Persönlichkeit handeln. Er wollte alles wissen, und man tat gut daran, ihn nicht zu verärgern. Wer weiß, vielleicht war er sein Barmherziger Samariter. Gute Absichten fand man selbst in der schlimmsten Löwengrube. Jede weitere Antwort befeuerte seine Neugier.

»Verheiratet?«

»...«

»Geschieden?«

»Nein.«

»Was machst du beruflich?«

Er zögerte, bevor er antwortete.

»Ich habe einen Abschluss in Geschichte.«

Schockiert setzte sein Gesprächspartner das Glas ab und lachte lauthals. Und als wäre das nicht schon genug, stand er auf, ging zu den Musikern, bat sie, etwas leiser zu spielen, zeigte mit dem Finger auf Lucien und sagte:

»Liebe Freunde, ihr werdet es nicht glauben, aber dieser Mann dort ist Historiker!«

Allgemeines Gelächter. Das ganze Tram einstimmig:

»Du hattest wohl nichts Besseres zu tun, was?«

Dann mehrstimmig:

»Kann man davon leben?«

»Da seht ihr, wohin das führt, wenn man die Touristen nachahmt.«

»Studierst du auch Mädchen oder nur Geschichte?«

»Eine wahre Schande, diese Kunsthistoriker!«

»Ich werfe mich vor den Zug, wenn mein Papa mich zwingt, Geschichte zu studieren«, rief ein kleiner Junge, gerade mal zehn, der mit seinem Vater da war.

Er kam zum Tisch zurück und entschuldigte sich allenfalls flüchtig bei Lucien, der noch gar nicht verstand, wie ihm geschah.

»Das musste jetzt sein. Ich hätte nicht gedacht, dass es in Stadtland noch Denker gibt. Dieses Land liegt am Boden, alles muss wiederaufgebaut werden: die Straßen, die Schulen, die Krankenhäuser, der Bahnhof und sogar der Mensch. Was wir brauchen, sind Ärzte, Ingenieure, Zimmermänner, Müllmänner, aber ganz sicher keine Träumer!«

»Was sagt die Uhr?«

Die Musik spielte wieder in voller Lautstärke. Lucien brachte es nicht fertig, den Mann, der ihn gerade so erniedrigt hatte, einfach zu ignorieren. Im Gegenteil, er versuchte sogar, sich zu rechtfertigen.

»Man sucht sich seine Vorlieben nicht aus. Aber ich bin nicht nur Historiker. Ich bin auch Schriftsteller ...«

Ein Typ vom Nachbartisch war so frei, sich in die Unterhaltung einzumischen:

»Schriftsteller oder Historiker, das ist doch ein und dasselbe!«

»Ich schreibe«, insistierte er.

»Schreiben. Schreiben. Schreiben.«

Sein Gesprächspartner ließ sich das Wort auf der Zunge zergehen. Er starrte ihn an, als hätte er ein Gespenst gesehen. Lucien blieb misstrauisch, aus Angst, ein weiteres Mal bloßgestellt zu werden.

»Ich bin Schriftsteller, aber ...«

»Junger Mann, vor dir sitzt Ferdinand Malingeau, Verlagschef der Edition Zug-ins-Glück.«

Lucien sagte nichts. Irgendwie war er erleichtert. Die Aushilfskellnerinnen und die Kellnerinnen sträubten sich, endlich das verfluchte Bier zu bringen, das ohnehin in den gemischten Sanitäranlagen landen würde. Regel Nummer 94, Lebensweisheit: Wenn man trinkt, muss man pissen, und wenn man pisst, ist es immer noch euer Bier in eurem Klo. Das erinnerte Lucien wieder an Requiem. Ich piss lieber zu Hause. Er wollte ein Bier bestellen, aber niemand beachtete ihn. Es bedurfte des tatkräftigen Eingreifens seitens der Edition Zug-ins-Glück, um die Situation zu entschärfen. Endlich, das erste Bier ... Die Aushilfskellnerin kam, genervt. Knallte das Getränk auf den Tisch. Hielt sich etwas abseits, Flaschenöffner in der Hand. Ein paar Sekunden vergingen ... Sie entschloss sich, die Ware zu öffnen, ein einziges Wort:

»Trinkgeld!«

Lucien kramte einen Schein hervor.

»Da.«

Sie riss ihm das Geld aus der Hand und drehte sich wortlos um. Das Gedränge nahm zu. Mit einem Klagelied gegen die Klimaerwärmung, die Kinderarbeit in den Minen, die Abholzung des Waldes und die Ausrottung der Tilapias, der Pythonschlange, der Piranhas und des Breitmaulsnashorns lösten unsere indianischen Freunde Panik unter den Normalsterblichen aus. Die Frauen brachen in Tränen aus. Die Männer, Touristen und andere Randgestalten, waren von der traurigen Wirklichkeit des Lebens überrumpelt und wiegten reuevoll die Köpfe.

Lucien sah sich um, in der Hoffnung, Requiem zu entdecken.

»Seit wann schreiben Sie?«

»Was sagt die Uhr?«

»So seit zehn Jahren.«

»Worüber schreiben Sie? Über wen? Zielgruppe? Erwartungen? Gesamtauflage? Auszeichnungen? Welches Genre?«

Er fühlte sich in die Enge getrieben. Unablässig prasselten Fragen auf ihn ein. Er hatte noch keinen einzigen Schluck getrunken.

»Schreiben Sie gerade an etwas?«

Er musste antworten, vielleicht winkte eine Veröffentlichung bei Zug-ins-Glück.

»Es ist eine Art Bühnen-Epos, das dieses Land aus einer historischen Perspektive beleuchtet: ›Das Afrika der Möglichkeiten: Lumumba, der Engelssturz oder die Stößel-Mörser-Jahre‹. Sehr wahrscheinlich wird es auch eine Lesung in Europa geben. In den Hauptrollen Che Guevara, Sékou Touré, Gandhi, Abraham Lincoln, Lumumba, Martin Luther King, Ceaușescu und nicht zuletzt der abtrünnige General.«

Der Verleger bestellte ein Glas Rum auf Eis. Ein ständiges Kommen und Gehen auf den Toiletten, Single-Mamis, Küken, Studenten, Büroangestellte, Touristen, Musiker, Prediger, Jongleure, ehemalige Strafgefangene ...

»Ich bin kein Kommunist. Das interessiert mich alles nicht. Ich weiß, Lumumba steht für die Unabhängigkeit von Kongo-Zaire, aber ich finde es besser, ihn durch unsere eigenen Helden zu ersetzen, einen Partisanen, der für diese Stadt gekämpft hat, anstatt sich hinter der Geschichte von Kongo-Zaire zu verschanzen. Und dann dieses Kongo den Kongolesen, lassen wir diesen Teil der Geschichte den Dramatikern dieses Landes! Hier wie in Hinterland gibt es Menschen, die ihre Zeit geprägt haben. Lass die Helden in Würde ruhen! Denk dir Texte aus, in denen es um Eisenbahntrassen, Minen und was weiß ich noch geht.«

»Ich kann es dir erklären.«

»Sonst wird wieder nur ein Essay daraus und nichts, was die Genregrenzen überschreitet.«

»Ich bin Historiker. Sofern mich nicht alles täuscht, nimmt die Literatur einen besonderen Stellenwert bei der Gestaltung der Geschichte ein. Über den Umweg der Literatur kann die Wahrheit wiederhergestellt werden. Ich möchte das Gedächtnis eines Landes, das nur auf dem Papier existiert, wieder zum Leben erwecken. Von Stadtland und Hinterland und ihrem wiedergefundenen kollektiven Gedächtnis träumen ... Historische Persönlichkeiten sind meine Wegweiser. Aber auch die Küken, Grubenarbeiter, ausgehungerten Studenten, Touristen ...«

»Das habe ich alles schon einmal gehört. Es gibt schon genug Elend, Armut, Syphilis und Gewalt in der afrikanischen Literatur. Sieh dich doch mal um. Hier gibt es schöne Mädchen, gutaussehende Männer, Brazza-Bier, gute Musik ... Inspiriert dich das alles nicht? Die Zukunft der afrikanischen Literatur macht mir Sorgen. Der Protagonist im afrikanischen Roman ist immer ledig, neurotisch, pervers, depressiv, kinderlos, ohne festen Wohnsitz und hoch verschuldet. Hier lebt und fickt man und ist zufrieden ... Auch in der afrikanischen Literatur muss gefickt werden!«

Lucien nutzte den Überschwang seines Gesprächspartners, um endlich seinen ersten Schluck zu trinken. Als er sein Glas hob, sah er die beiden Single-Mamis vom Vorabend, die sie aus der Ferne begafften. Der Arme, er versuchte es mit einer freundlichen Geste. Die Single-Mamis hielten das für einen Code und kamen herunter, ohne sich lange bitten zu lassen.

»Dein Bühnen-Epos interessiert mich ...«

Die Amazonier verließen den Raum durch die Hintertür, die Aushilfskellnerinnen, die Grubenarbeiter, die Prediger ... das Publikum hatte sich die Krokodilstränen aus den Augen gewischt und sie alsbald gebeten, die Bühne freizugeben.

»Gut seht ihr aus, guten Abend erstmal.«

Die beiden Mädchen nahmen Platz ... Eine Rap-Crew machte sich daran, das Tram zum Kochen zu bringen. Die Rapper, ein mürrischer, verrufener Haufen von Ex-Studenten, Ex-Rebellen, Ex-Grubenarbeitern, schrien, feilschten, stöhnten, bellten, grölten ...

»Ich werde eine Lesung organisieren. Die Edition Zug-ins-Glück hat die Ehre, Ihnen ... wie hieß es noch gleich, dein Bühnen-Epos?«

»Das Afrika der Möglichkeiten: Lumumba, der Engelssturz oder die Stößel-Mörser-Jahre.«

»Heute, an diesem wunderbaren Abend, hat die Edition Zug-ins-Glück die große Ehre und die wahre Freude, Ihnen Lucien zu präsentieren, einen zeitgenössischen Autor, dessen Werk im Begriff ist, die Mauern, die Schienen, die Kriege und die Ozeane zu überwinden, und das demnächst bei uns erscheinen wird.«

»Also, ich ...«

»Ich bin Schweizer, väter- und mütterlicherseits. Früher oder später hättest du es ohnehin erfahren. Besser, du weißt Bescheid, bevor es zu einer Zusammenarbeit kommt. Das sage ich, um Missverständnissen vorzubeugen. Nicht alle Weißen hier sind zwangsläufig Schweizer.«

Mit verträumter Miene, leicht vorgerecktem Hals und heiserer Stimme, wie jemand, der auf dem Klo sitzt und nicht gestört werden will, fährt er fort:

»Einige sind sogar afrikanischer als ihr selbst. Es ist doch so, sie lieben Afrika ...«

Die beiden jungen Damen, die Kellnerinnen und die Aushilfskellnerinnen beäugten sich feindselig. Sie hatten alle die gleichen Stärken, die gleichen Wünsche, Freiheiten, Leidenschaften, Eifersüchte ... Die unglaublichsten Gerüchte, die sich in der Straße des Übergangs, der Nationalen Souveränen Konferenz und der Demokratisierung herumtrieben, untermauerten die Hypothese, dass in den Auseinandersetzungen im Jahre 1990 viele Männer ums Leben gekommen und andere in die Armee eingetreten waren. Ergebnis: Es gab mehr Frauen als Männer, und um die stritten sich die Mädchen mit den Auberginentitten, die Aushilfskellnerinnen und die Kellnerinnen erbittert.

»Was sagt die Uhr?«

Der Verleger stellte Fragen. Der Verleger erzählte. Der Verleger erklärte. Lucien, der sein Werk schon in den Regalen stehen sah, rührte nicht einmal sein Bier an. Er kramte sein Notizheft hervor, schrieb sein dummes Zeug auf.

»Wie hast du erraten, dass ich nicht von hier bin?«

»Ganz einfach: Guten Abend, Monsieur. Ist hier noch frei?

Und dann das Trinkgeld für das Mädchen. Hier setzt man sich auf seinen Hintern und fertig.«

»Sie schienen ganz vertieft in Ihr Gespräch.«

»Sind das Ihre Freundinnen?«

Die beiden stellten sich kurz angebunden vor.

Die Rapper röchelten weiter.

»Was sagt die Uhr?«

Die Plauderei setzte sich noch eine ganze Weile fort. Die beiden Mädchen, die wie wild Grimassen schnitten, beruhigten sich langsam ... »Auch heißes Wasser kühlt einmal ab«, zitierte Requiem einen zairischen Musiker. Regel Nummer 17: Keine Panik bei unseren Mädchen, sie haben gar keine andere Wahl, als zu spuren. Die neuesten Statistiken bestätigen, was wir längst alle wissen: Die Mädchen sind in der Überzahl, Schiedsrichterball, Schiedsrichterball, Schiedsrichterball ... Malingeau schloss sich dem Karnevalsumzug an. Jeden Samstag organisierten die brasilianischen Touristen einen Karneval, der die übelsten Ecken von Stadtland ansteuerte.

»Ich liebe den Karneval! Am Montag, selbe Zeit, selber Ort. Dann sprechen wir über deine Lesung und natürlich die Veröffentlichung.«

»Was sagt die Uhr?«

In der Zwischenzeit hatten die Musiker der Internationalen Kongo-Gesellschaft übernommen, Dreads, buntgemusterte Anzüge, auf Hochglanz polierte Schuhe, mechanische Bewegungen und gebrochenes Französisch ...

Lucien blieb bei den Mädchen und unterhielt sich mit ihnen über die Liebe, über die Lieder der Männer, die sich beim Bau der Eisenbahn den Rücken krummgeschuftet hatten, über die Küken, über verschüttete Grubenarbeiter, über schnelles Geld, Neu-Mexiko, Los Angeles, Dallas, Philadelphia, Brooklyn, Lagos ... Alle Müdigkeit, Übelkeit und Sorgen fielen von ihm ab. Der Verleger war die Verkörperung der Hoffnung, der Beginn von irgendetwas. Die beiden Single-Mamis gratulierten ihm zu seiner anstehenden Lesung. Astrid begleitete einen Typen, der bei den Klageliedern der Amazonier herzzerreißend geweint hatte ... Eng umschlungen gingen Emilienne und Lucien über die Schienen und die Hauptstraße ins Vampir-Viertel. Wenn das Glück einen Namen hätte, wäre er Tram 83.

7. Die Strategie besteht darin, aus jeder Situation
einen Ausweg zu finden ...

Vor dem Haus herrschte Salsa-Stimmung. Mädchen in der Blüte ihrer Jugend lästerten über Christelle. Kinder spielten Himmel und Hölle. Heranwachsende tuschelten über erste sexuelle Erfahrungen. Herumstreunende Katzen, Hunde, Hühner, Ziegen ... Es ist ja nichts dabei, sich das Maul über ein Küken zu zerreißen oder Himmel und Hölle zu spielen oder sich mit Freunden zu unterhalten. Aber um drei Uhr morgens ist das einfach nur dilettantisch, bei Leuten, die eigentlich um vier Uhr aufstehen müssten, um nicht den einen und einzigen Zug zu verpassen, der durch Stadtland fährt. Zusammen mit dem Mädchen ging er an ihnen vorbei. Eingebildet wie sie waren, erwarteten sie, dass er den ersten Schritt machte. Jugend schützt vor Hochmut nicht. Lucien grüßte nach allen Seiten. Sie gaben keine Antwort. Lucien ahnte nichts von ihren Problemchen. Er hatte nur höflich sein wollen. Doch die Gören waren eingeschnappt, seine Sorglosigkeit verriet ihnen, dass er nicht von hier war. Sie ertrugen es nicht, dass jemand mit einem Mädchen aufkreuzte, obwohl das Haus voll war von jungen Frauen, die auf ihren Prinzen warteten – wie man auf den Heiland wartet, sagte Requiem gerne.

In der Wohnung brannte Licht. Requiem war schon zurück. Er wälzte sich auf dem Sofa. Er klagte über unerträgliche Schmerzen im Unterleib. Er stöhnte, seine Stimme war heiser vom Suff oder einem Streit mit den Schürfern, die für ihn arbeiteten. Requiem, genannt der Negus, musterte Emilienne zwischen zwei Anfällen verächtlich.

»Wie war dein Tag?«

»Gut. Sehr gut sogar. Ich habe einen Verleger kennengelernt ...«

»Einen Verleger?«

»Einen gewissen Ferdinand Malingeau.«

»Dieses Arschloch.«

»Kennst du ihn etwa?«

»Schon möglich.«

Lucien und Emilienne wollten ins Schlafzimmer gehen. Aber Requiem führte etwas im Schilde. Wer ständig auf den Unglückszug springt, wird zum Tier und denkt nur noch daran, seine niederen Triebe zu befriedigen.

»Lucien, sei so gut ...«

Requiem krümmte sich noch eine Weile und ließ dabei die Aktentasche nicht aus den Augen, die er immer bei sich hatte. Lucien bedauerte es sehr, weder über den Inhalt noch über die genaue Bedeutung des Köfferchens Bescheid zu wissen, »diese Tasche ist eine Splitterbombe«, sagte der Negus und lachte hämisch. In seinen hysterischen Momenten erzählte der Negus, sein Koffer würde ihm die Macht verleihen, das System von Grund auf zu erneuern. Er gab sich nicht mit halben Sachen zufrieden. Da kannte man ihn aber schlecht. Er stellte willkürliche Vergleiche mit dem Stab Mose an. Die Küken behaupteten, Requiems Tasche sei bis oben hin voll mit Fotos von nackten Touristen.

»Kannst du mir ein Bier holen? Mein Kopf platzt gleich ...«

Er rollte mit den Augen, die vom Staub der Mine der Hoffnung verklebt waren.

»Was für ein eins?«

»Egal.«

Lucien verließ die Wohnung.

Er hatte keine Ahnung, was der Negus ausheckte. Der Fahrstuhl funktionierte nicht. Er rannte die Treppe hinunter, ignorierte die wütenden Blicke der Mädchen aus dem Haus, die Christelle bemitleideten und diese Dreckskerle verfluchten, die junge Frauen anschleppten, obwohl es im Block vor Mädchen jeden Alters nur so wimmelte, fand einen Laden, stieg die Treppe unter einigen Schwierigkeiten wieder hinauf, weil er Christelle, auf die er im Treppenhaus stieß und die ihm eine Szene machte, abhängen musste.

»Du hast deine ganz eigene Art, die Dinge anzugehen, weißt du das?«

»Man sieht sich morgen.«

»Liebst du mich?«

Er musste sie so schnell wie möglich loswerden.

»Vielleicht ...«

Ihm schwante Böses. Ein Gefühl von Angst und Traurigkeit ... Vielleicht hing Requiems Leben am seidenen Faden. Müde vom Laufen gelangte er ans Ziel. Requiem hatte den Gegner unterschätzt. Er hätte mit fünfzehn Minuten gerechnet, aber Lucien hatte alles Notwendige in Sekundenbruchteilen erledigt. Er stieß die Tür auf. Das Wohnzimmer war leer ... Er hörte Geräusche aus dem Schlafzimmer. Er ging zur Tür, horchte an ihr und spähte schließlich durchs Schlüsselloch. Requiem und Emilienne, verkehrt herum auf dem Bett, das im Decrescendo quietschte. Lucien nahm das Bier, leerte es auf der Treppe, verfluchte den Tag seiner Geburt, nahm irgendeine Gasse, allein und feige.

8. Unlauterer Wettbewerber: Dein Nachbar verkauft Beignets. Du beginnst ebenfalls Beignets zu verkaufen. Du legst dir sogar einen Fetisch zu, um ihm die Kundschaft wegzuschnappen.

Zwei Tage nach dem Vorfall traf Lucien Emilienne wieder, die ihn mit offenen Armen empfing, als ob nichts gewesen wäre.
»Warum?«
»Ich dachte, du hättest die Vorzeichen erkannt.«
»Du hättest nicht nachgeben dürfen.«
»Du hast mich mit ihm allein gelassen.«
»Wir sind schließlich nicht verheiratet.«
Sie setzten sich. Die vor sich hin dämmernden Kellnerinnen begannen sich zu schminken.
Unlauterer Wettbewerber …

9. Das Tram 83: tags wie nachts unverwüstlich in seiner Pracht als Paradies auf Abwegen, die armseligste Kundschaft neben der, die ihr Geld aus dem Fenster wirft, Symbol einer absolut harmonischen, gemischten, aufgemischten Gesellschaft, Freibrief für Mendelsche Kreuzungen, große Zwangslieben, vorzeitige Samenergüsse.

Die öffentliche Lesung unter dem Titel »Prophezeiungen vor dem Morgengrauen« sollte an einem Samstagabend gegen elf Uhr stattfinden. Der Typ, der mit der Sensibilisierung für die Vorzüge der Literatur beauftragt war, beauftragte einen anderen Typen, der wiederum einen anderen beauftragte, kurz, es war eine große Schein-Sensibilisierung. Das Publikum, das noch keinen blassen Schimmer von der Art der Veranstaltung hatte, stürmte wie üblich das Tram 83.

Der Abend begann verhalten, da es im Stollen einer Diamantenmine zu einem Erdrutsch gekommen war. Die Neuigkeit verbreitete sich wie ein Lauffeuer. Jeder kannte die Grubenarbeiter, die der Berg verschluckt hatte. Alle fünfzehn begannen ihren Arbeitstag beim ersten Hahnenschrei, beim Angelusläuten oder der Fatwa vom Minarett gegenüber, rannten nach Feierabend zum Zug, zeigten den Studenten die kalte Schulter, landeten im Tram 83, prosteten sich zu, baggerten die Single-Mamis an, machten Liebe zu viert in den gemischten Sanitäranlagen, schwitzten wie die Schweine, lachten lauthals, beleidigten die Aushilfskellnerinnen, tanzten Polka, verbreiteten Hiobsbotschaften, unterhielten sich mit den Touristen, rauchten Ganja, masturbierten in aller Öffentlichkeit, gaben

Runden aus, traten beim russischen Roulette gegeneinander an, bellten die Lieder ihrer Großväter und Urgroßväter, die mit verschleppten Lungenentzündungen und anderen noch nicht erfassten Krankheiten in denselben Minen geschuftet hatten, teilten sich Hundespießchen, provozierten Schlägereien, griffen die Musiker an und verschwanden, wie sie aufgetaucht waren, schmutzig, reizbar, respektlos, quietschfidel und herablassend. Sie verbreiteten Chaos, aber man liebte sie trotzdem. Die Gerüchte überschlugen sich, die Verwirrung war komplett. Sicheren Quellen zufolge hatten sie Kies gesucht, waren dabei auf eine Diamantenader gestoßen und der Beute gefolgt, ohne ihren Rückzug zu sichern. Es war am Vormittag passiert. Man hatte sechs Leichen aus den Trümmern geborgen, unter ihnen Boubacar, der immer damit gedroht hatte, sich aufzuhängen, wenn seine Mutter ihm verbot, ins Loch hinabzusteigen. Boubacar hatte schon mehr als acht Grubenunglücke überlebt. Das vorletzte hatte ihm den Spitznamen Lazarus eingebracht. Den Gerüchten im Tram 83 zufolge war Boubacar völlig unversehrt aus einem Grubeneinsturz hervorgegangen, der viele Menschenleben gefordert hatte. Weiter hieß es, er hätte sogar das Fleisch seiner verunglückten Kollegen gegessen. Sie blieben vier Tage und vier Nächte eingeschlossen, und Lazarus war der Einzige, der dem Verderben entkam. Einhundertsechsundfünfzig Personen fanden den Tod, einschließlich einiger Küken und Knirpse, die mit hinabgestiegen waren, um auszuhelfen. Küken sind Mädchen zwischen zwölf und fünfzehn Jahren, die sich in den Steinbrüchen prostituieren, in einer Reihe hintereinander herlaufen, sich verschwören und ohne weiteres die Militärs verständigen, wenn ein Kunde sich nicht an die Tarife hält. Knirpse sind Jungs, fast noch Kinder, die vielseitig einsetzbar sind: beim Abbau, beim Transport und beim Waschen des Kieses, aus dem die Diamantenkristalle gewonnen werden.

Wenn es auf Weihnachten zuging, verfünffachten sich die Grubenunglücke. »Die Hexer legen Fallen aus, um über die Feiertage genug Fleisch und Blut für ihr Festmahl zu haben«, fasste es der Negus zusammen, die Hand in der Hose.

Es war Dezember, das erklärte alles. Die fünfzehn Verschütteten waren ohne Genehmigung im Polygon der Mine der Hoffnung unterwegs gewesen. Außer den Touristen, seiner Verwandtschaft und seinen engsten Mitarbeitern erlaubte der abtrünnige General niemandem, Abbau zu betreiben. Er hatte sich selbst zum »Vater der Nation« erklärt. Er freute sich über die Grubenunglücke, die er für die göttliche Strafe hielt, für uns, seine Kinder, die nicht auf ihren »Vater« gehört hatten. Um ehrlich zu sein, freute sich ganz Stadtland, wenn die Erde Menschen schluckte. Die Grubenunglücke verursachen große Schäden, aber sie beschleunigen das Wachstum der Steine, tuschelten die Weisen im Tram 83. In den Tagen nach dem Unglück sind überall Steine zu finden, im Tram, am Bahnhof, dessen Metatallgerüst, in den Bordellen, im Club Cuba ...

Draußen eine Küken-Poesie:

»Du bist mein Traumprinz, ich möchte kuscheln, ich bin heiß, ich glühe wie der Wein, nimm meinen Arm und lass uns von hier weggehen, nach Perugia, ich möchte den Hafen von Nantes sehen, ich bin deine Sklavin, fessle mich, für immer, nimm meinen Arm, lass uns gehen, ich möchte den Hafen von Marseille sehen ...«

Die Spannung stieg im Zehn-Minuten-Takt. Reihenweise wurden Flaschen entjungfert, um den Abscheu und die Wut auf das Leben in dieser verkommenen Welt zu ertränken. Die Single-Mamis nahmen ihre Posten ein, um die Gäste gut im Blick zu haben. Die Studenten näherten sich den Geschehnissen mithilfe von Marx und Engels.

»Was sagt die Uhr?«

Die Kellnerinnen und Aushilfskellnerinnen forderten das Trinkgeld mit Taschenmessern ein, die sie aus ihren Büstenhaltern zogen. Knirpse und Küken boten ihre Dienste an. Ein Kommen und Gehen im ganzen Tram 83 ...

Ein Prophet in Aufruhr verkündete den Bau einer Eisenbahntrasse, die Stadtland mit Nordirland verbinden und es ermöglichen würde, Edelsteine und Waren aller Art zu transportieren. Alle Unterhaltungen liefen auf Gleise und die Entdeckung eines Vorkommens hinaus. Die Touristen schlugen einen Marsch für den Frieden vor. Plötzlich wollten alle mit den Verschütteten verwandt gewesen sein. Längst war vergessen, dass sie es gewesen waren, die ganze dreimal versucht hatten, das Tram abzufackeln.

»Ich finde, das Vorspiel hängt vom Touristen ab. Sieht er gut aus? Ist er reich? Gibt er seinen Freunden öfter mal was aus? Isst er gerne Hundekoteletts?«

Das Publikum wollte Musik. Selbst dem Typen, der mit der Sensibilisierung des äußerst anspruchsvollen Publikums beauftragt war, fiel es schwer, eine Lesung im Tram 83 zu verkraften. Um die aufgebrachte Menge bei Laune zu halten, wies er eine Kapelle an, ein paar tiefgekühlte Klassiker aus der kubanischen Revolution zu spielen. Wie man im Saal hörte, war auch er aus Kuba gekommen, um im Ogadenkrieg aufseiten der äthiopischen Armee zu kämpfen. Das letzte Lied schilderte die kubanisch-äthiopische Offensive Anfang Februar 1977, auf die eine zweite unerwartete Offensive folgte, an der die Musiker und er selbst teilgenommen hatten. Wie man im Saal hörte, waren sie nach den Kämpfen in Somalia geblieben, dem Land, das sie zwei Jahre vorher angegriffen hatten. Dann packte sie der Diamanten-Rausch, und sie sprangen auf den erstbesten Zug Richtung Stadtland.

Lucien kam eine Viertelstunde vor dem Auftritt durch die Hintertür herein, die Angst im Bauch. Sie sind nicht hier, um deiner Dichtkunst zu lauschen. Der Besitzer des Tram war so nett, ihm ein paar saftige Ratschläge mit auf den Weg zu geben. Hör zu, nach den Grubenunglücken der letzten Tage ist die Stimmung aufgeheizt. Sie werden versuchen, dich auf die Gleise zu zerren. Mach dich aufs Schlimmste gefasst. Für uns ist das Wichtigste, dass sie bumsen und sich betrinken wie immer. Sieh zu, dass du klarkommst. Der Verleger, in eine buntgemusterte Jacke gezwängt, lachte sein schönstes Banania-Lachen. In den gemischten Toiletten wurde erzählt, dass es die erste Lesung seit seiner Ankunft aus der Südsee war. Während er eine leidenschaftliche Rede über die Züge von Stadtland hielt, lag seine rechte Hand auf Luciens Schulter.

Die Minuten zerrannen … Die Barden der Revolution (die beschlossen hatten, die Bühne nicht mehr zu verlassen) begannen ihr Programm von vorne. Das Publikum kannte alle Lieder auswendig und verlieh seiner Begeisterung Ausdruck. Eingezwängt zwischen zwei Küken, jubelte Requiem dem Widerstand zu. Der Verleger, die eigens herbeigerufenen Ordnungskräfte und Lucien selbst, der versprach, nur ein Viertel des Textes vorzutragen, verhandelten. In Reaktion auf das Grubenunglück machte der Vorschlag die Runde, die Stadt zu verwüsten. Das Kommen und Gehen in den Sanitäranlagen nahm zu. Die Single-Mami-Küken warfen ihre Netze und Haken in der Menge aus. Die Kellnerinnen, die Aushilfskellnerinnen und einige besonders selbstbewusste Single-Mamis musterten einander abschätzig.

»Das Vorspiel wird oft überbewertet.«
»Ich mag die Banken nicht. Und dazu stehe ich.«
»Was sagt die Uhr?«
In der Zwischenzeit kritzelte er fieberhaft ein paar Zeilen in

sein Notizheft, »Sie denken an nichts als an Leibeswohl und Leibesfreuden. Hunde bellen, Züge voller Goldbarren fahren vorbei. Eines Morgens werden sie aufwachen und feststellen, dass es Stadtland nicht mehr gibt. Stadtland wird nur noch eine entfernte Erinnerung sein, ein Schatten ... Schon jetzt ist Stadtland nicht mehr als ein Wort. Der Himmel gehört höheren Göttern und die Erde den Touristen und dem abtrünnigen General, der Abbau betreibt, ohne sich die Hände schmutzig zu machen. Was werden sie tun, ohne ihr Land und ihre Edelsteine, die wie Pilze aus der Erde schießen?«

Erst gegen zwei Uhr morgens konnten sie die versammelte Meute von der Unentbehrlichkeit von Literatur in einem Nachtklub überzeugen.

»Was sagt die Uhr?«

Der Verleger führte in die Veranstaltung ein, lobte den Schriftsteller, seine große Entdeckung in »den Trümmern dieser Stadt, die ihre Grünflächen opfert, obwohl sie besser daran täte, sich einer modernen Stadt würdig zu erweisen. Lucien ist ein äußerst talentierter Schriftsteller. Investieren Sie in die Zukunft, in Ihre Zukunft, setzen Sie auf diesen Mann!«

Lucien ging nach vorne und ergriff das Wort. Er erinnerte sich an seinen letzten Auftritt. Hinterland, Applaus. Diese Darbietung hatte ihm siebzehn Monate Haft auf Bewährung und zwei Jahre Berufsverbot für besonders schwerwiegende Körperverletzung, Landfriedensbruch, systematische und geplante Aufwiegelung eingebracht. Er nahm seine Texte aus einer Mappe. Er setzte ein ernstes Gesicht auf. Er forderte eine Schweigeminute im Gedenken an die Opfer und eröffnete den Tanz. Er zitterte am ganzen Körper. Er betonte gewisse Wörter, variierte die Stimme ... Er hatte die Rechnung ohne das Publikum gemacht, das ihn nicht aus den Augen ließ. Eine Minute über der Zeit, ein Satz zu viel, und er war fällig. Das konnte nicht lange gutgehen. Es hagelte Beleidigungen. Das ganze Tram einstimmig:

»Verpiss dich, Lucien!«

Dann mehrstimmig:

»Von dir lassen wir uns nichts erzählen!«

»Du gefällst mir, und ich habe Lust ...«

»Alligator!«

»Angeber!«

Er war fest entschlossen, die Lesung zu Ende zu bringen. Er klammerte sich an die Worte. Er fixierte einen Punkt. Er dachte an eine Erinnerung aus der Kindheit. Er dachte an seinen Freund, Porte de Clignancourt. Er wuchs über sich selbst hinaus. Er ließ ganze Abschnitte aus. Am liebsten hätte er sich in die gemischten Toiletten geflüchtet.

»Hast du schon mal in den Spiegel geschaut?«

An der Uni hatte man ihm beigebracht, wenn du dich nicht konzentrieren kannst, stell dir vor, du liegst auf einer Pritsche mit einem Mädchen mit einer riesigen Karosserie, ein richtig üppiges Mädchen, das ganz heiß ist auf deinen Schwanz, denk, denk, denk, Herrgott nochmal, nur daran, und vielleicht wird dich das retten. Er stellte sich vor, wie er mit einem Prachtweib auf Requiems Sofa lag ... Die Beschimpfungen wurden ohrenbetäubend. Das Tram, das ganze Tram einstimmig, dann mehrstimmig, dann einstimmig mehrstimmig ...

Requiem lachte Tränen. Kein Wunder angesichts der Feindschaft, die die beiden Dreckskerle verband. Der Verleger, der nicht recht wusste, was er tun sollte, leerte stoisch seinen Wodka. In einem Anflug von Mitleid appellierten die Kellnerinnen und Aushilfskellnerinnen an ihn, sich aus dem Staub zu machen. Die Single-Mamis nutzten die Gelegenheit und verließen ihre Posten, bahnten sich einen Weg für die Verfolgung potenzieller Kunden und zogen sich in den gemischten

Sanitäranlagen oder in den dunkelsten Ecken des Raumes um. Nur keine falsche Bescheidenheit. Sie erschienen in dezenter Aufmachung und gingen mit der Mode und den Launen des Publikums, um zur Stoßzeit, so um drei, vier Uhr morgens, fast nackt wiederaufzutauchen. Die Kerle, die die kubanische Revolution besangen, begannen unverblümt ihre Instrumente zu stimmen. Doch Lucien leistete Widerstand, wurde lauter, um den Krach zu übertönen.

»Was sagt die Uhr?«

»Du bist süß.«

»Was sagt die Uhr?«

»Zu mir oder zu dir?«

Als Zeichen des Protests zerschlug ein Grubenarbeiter eine Flasche und warf einen Tisch um. Hunde bellten, Züge fuhren vorbei. Lucien hatte sich auf der Bühne verbarrikadiert. Er las weiter. Küken gingen mit aufreizendem Hüftschwung in Richtung der gemischten Sanitäranlagen. Die sonst so sympathischen Studenten wollten ihn zur Aufgabe zwingen. Single-Mami-Küken wuschen ihre Schmutzwäsche im trauten Familienkreis mit der Mutter Oberin, der Anführerin der Kellnerinnen und Aushilfskellnerinnen. Ein junger Mann verließ ohne Eile seinen Platz, betrat die Bühne, schlug mit links einen Uppercut. Ein ungewöhnlich heftiger Schlag. Lucien taumelte und ging zu Boden. Er erinnerte sich an seinen dritten Traum. Er hatte Erdkunde unterrichtet, vor ganz in Grün gekleideten Schülern, die ihn aufforderten, seine Schuhe mit Gleitgel für Kondome zu polieren. Er blieb beharrlich, las ihnen weiter aus einem Artikel über Kumulonimbus vor, bis ein Schüler aufstand, ihm eine Abreibung verpasste und ihm befahl, sich zum Nordbahnhof zu scheren und in den ersten Zug Richtung Hinterland zu steigen. Seine Zettel waren über die ganze Bühne verstreut. In einem übermenschlichen Kraftakt gelang es ihm aufzustehen. Diesmal war es eine rechte Gerade. Applaus ...

»Haut ihm auf die Fresse, damit er lernt, dass wir nicht zu seiner Unterhaltung hier sind.«

Der Verleger wollte einschreiten. Eine Ohrfeige, trotz seiner Chef-Allüren. Das wird dir Respekt beibringen, vor »Kerlen, die das Leben kennen«, hatte der Angreifer gesagt. Begeisterung wie beim Einfahren eines Zuges in den Bahnhof. Siegesschreie von Überlebenden eines weiteren Grubenunglücks. Die Überheblichkeit der Knirpse ... Sie veralberten die Allgemeine Erklärung der Weißemenschen-Rechte. Die Studenten schleiften ihn an den Ärmeln weg und warfen ihn vor die Tür. Emilienne schluchzte.

Requiem begab sich zu den gemischten Sanitäranlagen.

Draußen prügelten sie weiter auf ihn ein. Sie hatten einen Reifen aufgelesen. Sie schlugen vor, ihn bei lebendigem Leib zu verbrennen. Sie behaupteten, er wäre ein Spion, ein Polizist, ein Geheimagent, ein Freund der gewinnorientierten Touristen. Ein Mädchen mit Titten wie zusammengeknüllte Socken bezichtige ihn sogar der versuchten Vergewaltigung, an einem Donnerstagabend in der Nähe des Bahndamms. Sie prügelten weiter auf ihn ein. In der Ferne das Angelusläuten, die Fatwa vom Minarett, das Schreien eines Studenten, der den gewinnorientierten Touristen nacheifern wollte, zu diesem Zweck Fetische eingesetzt hatte und darüber verrückt geworden war ... Blut, Spucke, Tränen, sicher hatte er seine Beine verloren, als er versuchte, sich an einen vorbeifahrenden Güterzug zu klammern! Sie prügelten weiter auf ihn ein, zerrten ihn auf die Gleise.

10. Requiem, meine Ware ist heilig.

Die Prügel, die er nach seiner Lesung eingesteckt hatte, fesselten ihn ans Bett. Er musste mit siebzehn Stichen genäht werden. Lucien hatte sein Bühnen-Epos fürs Erste auf Eis gelegt. Mit jedem weiteren Albtraum schwanden auch seine Ambitionen dahin. Kopflose Menschen erschienen und rieten ihm, den nächsten Zug zu nehmen, andernfalls würde er sich in der Leichenhalle wiederfinden, Eingeweide herausgerissen, Augen ausgestochen. In einem solchen Klima konnte keine große Literatur entstehen. Die Sprechparts des Che überzeugten ihn nicht mehr, ebenso wenig die Verhandlungen zwischen Gandhi und George W. Bush, 10. Akt, »Die Bagdad-Ballade und das Leben von morgen«. Das Drama des Dramatikers liegt in den Abwegen seiner Hauptfiguren.

»Wo bleibt die Ware, Requiem, versuch nicht, mich abzuziehen, sonst kannst du was erleben!«

Sein Tag hatte schlecht angefangen. Er hatte vier Träume gehabt, zwei vormittags, zwei nachmittags, gemeinsamer Nenner: eine Bahntrasse ohne Gleise, verschüttete Grubenarbeiter, entjungferte Küken und vom Streiken träge Studenten, gewinnorientierte Touristen auf dem Weg in die Heimat und ein Schrecklicher, der die Aushilfskellnerin mit den dicken Lippen erstach ... Schon nach dem ersten Traum wurde er das Gefühl nicht los, dass ihm Böses bevorstand.

Wortlos legte er auf. Er schloss die Fensterläden. Er nahm eins der verstaubten Bücher aus dem Regal. Er begann zu lesen ...

Schon wieder das Telefon.

»Requiem, meine Ware ist heilig!«

Seit er das Bett hüten musste, nahm er ständig Anrufe für den Negus entgegen, überwiegend Morddrohungen. Er hatte sich schon an die Erpressungen gewöhnt, die alle halbe Stunde auf ihn niederprasselten. Er legte auf und machte sich wieder an die Arbeit ... 19 Uhr 16. Schon wieder klingelte das Telefon ... Er las einfach weiter. Der Anrufer ließ nicht locker. Er zögerte, nahm den Hörer ab, schon erschöpft von dieser sportlichen Herausforderung.

»Guten Abend, hier Ferdinand Malingeau. Könnte ich bitte mit Monsieur Lucien sprechen?«

»Was wollen Sie von mir?«

Nach einer ziemlich langen Pause:

»Also zunächst möchte ich mich für neulich entschuldigen, Ihr Freund hat mir zu verstehen gegeben, dass Sie eine schwere Zeit durchmachen und noch mehr Geld gebrauchen könnten.«

»Und weiter?«

»Ich bin noch immer an Ihrer Literatur interessiert und würde mich gerne mit Ihnen unterhalten.«

»Lass mich doch einfach in Ruhe!«

»Aber Lucien ... Es ist nur zu Ihrem Besten. Ihr Freund hat mir von Ihren Problemen erzählt. Vielleicht waren die fünftausend Dollar nicht genug, und ich könnte sie noch weiter unterstützen.«

»Welche fünftausend Dollar?«

Er war irritiert.

»Die Fünftausend, die ich Ihrem Freund als Schadenersatz habe zukommen lassen.«

Er konnte es kaum fassen.

»Haben Sie noch weitere Texte?«

Fünftausend Dollar! Requiem, dieser Hund. Er zitterte vor Wut.

»Sind Sie noch da? Wir treffen uns spätestens um 23 Uhr im Tram 83.«

»Einverstanden.«

Er ließ sich aufs Sofa fallen. Das Telefon klingelte:

»Hallo Lucien, hier ist Requiem, ich komm heute Abend nicht nach Hause.«

Seit einer Woche ging das nun schon so, Requiem rief an, um zu sagen, dass er über Nacht wegbleiben würde, immer unter dem Vorwand, dass er noch etwas erledigen musste.

»Okay.«

»Hey Lucien, was ist los, Blutsbruder?«

»Nichts.«

Er legte lieber schnell auf, aus Angst, irgendetwas Dummes zu sagen. Er döste ein.

Das Telefon klingelte:

»Requiem, die Ware ist das Einzige, was zählt. Das ist eine Sache von Leben und Tod ...«

Ihm kam ein verrückter Gedanke. Ein Sprung ins Leere ... Er dachte an Jacqueline und stieß hervor:

»Meine Ware, meine Ware, meine Ware ... Halt doch einfach dein Maul!«

Er begann wieder zu lesen. 19 Uhr 47 ... Er stand auf, nahm sich das letzte Bier aus dem Kühlschrank, verließ mit seiner Kunstledertasche unterm Arm die Wohnung und testete, ob der Fahrstuhl wieder fuhr.

11. Wenn alle so wären wie Requiem, gäbe es keine Armut auf der Welt. Er wusste, wann man wo zuschlagen musste. Selbst wenn er humpelnd und mit halb abgerissenem Ohr nach Hause kam, machte er sich am nächsten Morgen erhobenen Hauptes wieder auf den Weg: Requiem für ein neues Selbstbewusstsein.

Requiem brachte Lucien zehn Zeitungen pro Woche. Er verzichtete dafür sogar auf seine Kippen, um ihn, wie er es gerne ausdrückte, mit »geistiger Nahrung zu versorgen«. Lucien schämte sich sehr, wenn er sah, wie Requiem seine Tasche nahm und mit triumphierendem Blick die Zeitungen zwischen seinen Pausenbroten hervorzog, wie ein Pokerspieler, der seinen höchsten Trumpf ausspielt. Lucien ahnte nicht, wie sehr Requiem diesen humanitären Einsatz genoss, aber mit der Zeit übertrieb der Negus es zunehmend. Er spielte seine komödiantischen Fähigkeiten gegen ihn aus. Sein Theater war mechanisch, aber nicht ziellos: Lucien sollte es leid werden und ausziehen.

Requiem kam meistens gegen elf Uhr abends nach Hause, manchmal sogar noch später, sehr viel später, er stieß die Tür mit dem linken Bein auf, musterte ihn, begrüßte ihn, setzte seine Brille auf, erkundigte sich nach dem Befinden seiner Figuren, wollte wissen, ob Lucien etwas zwischen die Zähne bekommen hatte, ob Lucien auch wirklich die Anzeigen studierte, zog seine Weste, seine Latschen und seine Socken aus, fixierte ihn lange mit seinen kleinen Augen, bevor er zu der Phase überging, die Lucien am meisten quälte. Durch seinen schriftstellerischen Blick geschult, nahm Lucien seine Aufführung als Vierakter wahr:

1) Ankunft des Engels, der Himmel wird dem Erdboden gleichgemacht.

2) Ablegen der Kleidung, in Vorbereitung der Schöpfung.

3) Feuerprobe oder Selbsterhaltungstrieb eines mondsüchtigen, faulen, armseligen Königs.

4) Bluttat und Abtransport meiner abgepackten Knochen.

Der letzte Akt gab ihm den Rest. Requiem nahm die Büchse der Pandora, auch Tasche genannt, und stellte sie auf den Esstisch. Er hatte Lucien im Griff, genau wie seine Prostituierten. Er fuhr ihn an: »Ich würde zu gerne wissen, was ihr Schriftsteller so treibt.« Wenn Lucien versuchte, sich auf die Toilette oder in die Küche zu flüchten, kam er ihm hinterher, löcherte ihn mit Fragen über die Lage in Hinterland und zog dabei aus seiner Vespertasche die Zeitungen, die er ihm triumphierend mit einem gehässigen Grinsen überreichte, während er ihn alle dreißig Sekunden daran erinnerte, auch wirklich alle neuen Stellenanzeigen durchzugehen.

Regel Nummer 74: So läuft das hier, wenn man sich einen Job angeln will, du studierst die Anzeigen, rufst an, und man stellt dich ein. Kein Mitleid für Tausendfüßler, die keinen Finger rühren. Ich kann solche Typen nicht ausstehen, die den ganzen Tag nur herumlungern, statt Arbeit zu suchen.

Wenn ihm der Kragen platzte, baute sich Requiem wie ein Lehrer für Französisch als Fremdsprache vor ihm auf und las ihm persönlich die Anzeigen vor, die seiner Ansicht nach Luciens Profil entsprachen:

Servicekräfte für alle Tage der Woche außer Samstag und Sonntag gesucht. Gepflegtes Erscheinungsbild wird vorausgesetzt: Rock oder Hose, weiße Bluse, schwarze Weste.

Er fuhr fort, man muss jede Chance ergreifen, Arbeit ist hier

Mangelware, hier gelten andere Regeln, das ist Neu-Mexiko, du ratzt oder du wirst geratzt. Etwas besänftigt sprach er weiter, sieh zu, dass du in die Puschen kommst, es gibt nicht nur die Literatur, um dir deine Brötchen zu verdienen, die Statistiken belegen schwarz auf weiß, dass ein Studium heutzutage nur dazu taugt, arrogante Schnösel aus euch zu machen. Und außerdem wart ihr es, ihr verdammten Intellektuellen, die dieses Land in den Ruin getrieben haben.

Es widerstrebte Requiem, seine Wohnung herzurichten, da vor allem Lucien davon profitieren würde. Er verließ frühmorgens das Haus und kam erst spät in der Nacht zurück, erhobenen Hauptes, mit stolzgeschwellter Brust und bis weit über den Bauchnabel gezogener Hose. Dann verschwand er noch in derselben Nacht wieder, um Ware auszuliefern oder sich im Tram 83 zu betrinken. Requiem wusste, dass Lucien ihn verdächtigte, in finstere Machenschaften verwickelt zu sein. Er wusste, dass Lucien ahnte, dass er seine Bude absichtlich verwahrlosen ließ.

»Wozu brauchen wir Möbel, wir sind doch ohnehin nie zu Hause«, sagte er ständig.

An Geld fehlte es ihm jedenfalls nicht.

12. Die Gebrauchtsarghändler.

Gerade als er die Treppe hinuntergehen wollte, ein dumpfes Geräusch, Netzentlastung. Er beeilte sich, nach unten zu kommen. Die Jungs aus der Nachbarschaft nutzten solche Gelegenheiten, um sich im Treppenhaus zu erleichtern. Vorsicht und Aufmerksamkeit waren gefragt, um nicht in den Dreck zu treten. Regel Nummer 25, wiederholte der Negus, die Treppenhäuser von Neu-Mexiko dienen auch als öffentliche Toiletten.

»Au, mein Arm ...«

In der Eile war er gestolpert und dabei auf seine linke, noch schmerzende Hand gestürzt. Er rappelte sich auf, sammelte verstohlen seine Zettel wieder ein, schlich die Treppe weiter hinunter und lief den Mädchen in die Arme, die im vierten Stock den Durchgang versperrten.

»Was sagt die Uhr?«

Kein Lichtschein weit und breit. Aus Angst, Banden in die Hände zu fallen, entschied er sich gegen die Abkürzung. Requiem war neulich in der Straße der Authentizität in die Fänge von Bewaffneten geraten, die ihm die Ware und seine Kleider abgeknöpft hatten. Nur dank eines Single-Mami-Kükens, das ihm seine Wechselkleidung lieh, gelang es ihm, sich ins Vampir-Viertel durchzuschlagen.

Bevor die Unternehmen wie Pilze aus dem Boden geschossen waren, hatten die Leute rund um die Uhr Strom. Das Wort »Netzentlastung« war in keinem Wörterbuch zu finden. Die Leute waren nicht vom elektrischen Strom abhängig. Dann kamen der Rausch und die gewinnorientierten Touristen mit ihren Minengesellschaften. Dann die Meutereien und Aufstände ... In den 1990er Jahren sprach man zum ersten Mal von Netzentlastung. Der durch seine Erfolge gegen die offizielle Armee gestärkte Rebellenführer jener Zeit, Halbbruder des abtrünnigen Generals, Hauptaktionär von gut sechsundsiebzig Unternehmen, Schwager eines für seine Großzügigkeit bekannten Investors, unterbrach das Radioprogramm mit einer Bekanntmachung: »Eure Stromversorgung wird an vier Tagen die Woche sichergestellt, um den Konzernen maximale Auslastung zu ermöglichen.« Im Laufe der Zeit korrigierte er seinen Erlass auf zwei Tage, dann einen Tag, dann zwei Stunden, da die bei Touristen so beliebten Fabriken zum Erzabbau mehr Strom brauchten, die Einwohner von Stadtland ihn hingegen eigentlich nicht so nötig hatten und die Maschinen, die zur Erzeugung ebendieses Stroms dienen sollten, vom Rost der Jahre zerfressen waren: Sie stammten aus der gleichen Zeit wie der Bahnhof, ein halbfertiges, von Granateinschlägen zerschundenes Metallgerüst mit ein paar Gleisen und Lokomotiven, die noch an Stanleys Eisenbahntrasse erinnerten ... Lucien kam zur Straße der Unabhängigkeit. Er bog in die Straße des Internationalen Waffenstillstands ein. Nahm trotz seiner Bedenken die Straße der Totengräber. Normalerweise mied er diese Straße. Zwei gut gelaunt wirkende Männer kamen auf ihn zu.

»Welche Größe suchen Sie?«

In der kleinen Straße wimmelte es von Kommissionären, Klageweibern, Totengräbern und Händlern, die lauthals Gebrauchtsärge anpriesen ...

»Mein Beileid. War es Ihre Tochter, die ... «

Lärmend boten sie ihre Produkte feil. Ihr Treiben zog sogenannte Geschäftsfrauen an, die miesen Fraß, Hanf und traditionelles Bier verscherbelten, was wiederum Musiker, Küken, Prediger und andere Gaffer vom gleichen Schlag anlockte, außerdem Open-Air-Konzerte, Strip-Shows, vorgetäuschte Orgasmen und Fellationes, in der üblichen Reihenfolge.

»In welchem Alter ist er von uns gegangen?«

Die Strategie bestand darin, potenzielle Kunden mit offenen Armen zu empfangen, ihre Trauer zu teilen, ihnen zu zeigen, dass man Anteil nahm, sich als Freund der Familie auszugeben und die Ware anzubieten.

»Ebenholz ohne Aufpreis ...«

Eine Horde Kinder rannte ihm nach.

»Monsieur, wir arbeiten für billiger.«

Von Alkohol und Zigaretten abgestumpfte Blicke. Von Spulwürmern, Amöben, Regenwürmern und anderen Weichtieren aufgeblähte Bäuche. Kahlrasierte Schädel. Vom pausenlosen Ausheben der Gräber steif gewordene Arme und Beine. Sie waren knapp zehn, vielleicht auch zwölf Jahre alt. Sie hatten alle dieselben Ausreden parat: »Wir machen das, um unser Studium zu finanzieren, Papa ist mit den Lokomotiven auf und davon, er schreibt nicht mehr, Mama ist krank, die Onkel und Tanten und Großmütter sagen, dass wir Hexer sind und dass es unsere Schuld ist, dass Papa zum dritten Mal geheiratet hat, und dass wir unsere Hexenkunst von Mama haben und dass wir zu den Predigern gehen sollen, damit sie uns Palmöl zu trinken geben und uns die Hexerei austreiben, damit wir nachts nicht davonfliegen ...« Wie alle Kinder der Stadt schlugen sie sich mit einer Reihe von Tricksereien durchs Leben.

»Wir sind gar nicht teuer. Zunächst mal herzliches Beileid!«

Sie arbeiten als Lastenträger am Nordbahnhof, am Zaire-Fluss und auf dem Großmarkt, als Knirpse in den Minen, als Laufburschen im Tram 83, als Leichenbestatter und Totengräber. Die Sensibleren stehen für eine Schüssel halbgare Bohnen Wache in den Spelunken am Bahnhof, dessen halbfertiges Metallgerüst an das Jahr 1885 erinnert.

Er blieb stehen, nahm sein Notizheft heraus, schrieb: »Kindheit, null bis zwei, Pubertät, drei bis sieben, Jugend, acht bis zwölf. Mit fünfzehn dann das Testament ...«

»An Toten mangelt es nie«, sagte Requiem immer, der seine Ware oft gegen Särge tauschte, die er an Touristen weiterverkaufte, wenn diese ihre Arbeiter bei Grubenunglücken verloren. Lucien hatte Mitleid mit diesen Knirpsen, die zu allem bereit waren, nur um zu überleben. Regel Nummer 23: Jeder Tag ist ein Kampf. Sobald der Tag anbricht, fragt man sich, was man essen soll, und mit der Sonne fügt man sich ein in den Kreislauf von Stadtland, man angelt, man gräbt, man wühlt, man sammelt, man erfindet, man fickt, man schwitzt, man verkauft, man tauscht, man tratscht, man missbraucht, man besticht, man trinkt, man kackt ins Treppenhaus, man verschmilzt mit dem Jazz, man verachtet die weißen Touristen ... Alles steht zum Verkauf, jeder erfindet sein eigenes System. Er dachte an seinen Freund, Porte de Clignancourt: »Ich knüpfe hier Kontakte zu allen Theatern, und du genießt die frische Luft. Was ist das für eine Haltung, Lucien!« Er dachte an Gandhis Reaktion auf den Kommentar von Karl Marx zur Enteignung der Landbevölkerung. Er dachte an die Rechtfertigungen des Negus: »Die Lebenserwartung liegt hier bei einundvierzig Jahren, ob einem das passt oder nicht! Die vier Jahre, die mir noch bleiben, nutze ich, wie es mir gefällt.« Er betrachtete die Särge von allen Seiten. Schrieb in sein Notizheft: Berufe und dazugehörige Todesarten.

Grubenarbeiter oder Schürfer, je nachdem:
Grubenunglücke
Suizid (Erhängen, Überdosis ...)
Radioaktivität
Drogen oder gewöhnlicher Alkohol

Vendetta
Sexuell übertragbare Krankheiten

Küken:
Abtreibung
Geburt
Vergewaltigung
Lungenentzündung
Entführung
Sexuell übertragbare Krankheiten

Er erinnerte sich an einen Artikel, den er am Vortag gelesen hatte. Auf dem Titelblatt ein zehnjähriges Mädchen, das ein Neuneinhalb-Kilo-Baby zur Welt gebracht hatte, Vater des Neugeborenen, ein dreißigjähriger Schürfer, beim vorletzten Grubenunglück verschüttet.

Knirpse:
Grubenunglücke
Radioaktivität
Spulwürmer
Sexuell übertragbare Krankheiten ...

Studenten:
Zugunglücke
Suizid
Vergiftung der Unbelehrbarsten
Zusammenstöße mit Grubenarbeitern
(Hunger-)Streik
Sexuell übertragbare Krankheiten

Single-Mamis:
Verwünschungen
Sexuell übertragbare Krankheiten

»Ich bin scharf auf dich, nimm mich mit, weit weg, weg von diesen Schlangen, bring mich auf Touren.«

»Missionarsstellung oder Doggy, ich bin für alles zu haben ...«

»Ich habe keine Syphilis, das ist die einzige gute Nachricht.«

Er blätterte um und kritzelte unter größten Anstrengungen: »Sie haben keine Ahnung mehr, wie man mit Hacke und Angelhaken umgeht, was werden sie zu beißen haben, wenn die Erde mit ihrem Kupfer und ihren Diamanten sie verstößt ... Blitze setzen ihr Kürzel unter die langlebigen Mythen der Eisenbahn, die die verwundete Erinnerung heimsuchen, und unter den Wunsch, auch die andere Seite zu sehen und immer tiefer zu sinken.« Er durchlebte seinen dritten Traum noch einmal, bärtige Kinder forderten von ihm, entweder dafür zu zahlen, dass sie ihm sein Grab aushoben, oder mit dem nächsten Zug Richtung Hinterland zu verschwinden ...

»Was sagt die Uhr?«

»Ich mag die Banken nicht. Und dazu stehe ich.«

»Im Blasen bin ich Weltmeisterin.«

»Lass uns weit weg von hier gehen, entführe mich nach Graz oder meinetwegen sogar nach Moskau. Ich liebe dein Land!«

Er überquerte eine namenlose Straße, zündete sich eine Zigarette an, in der Ferne das Tram 83.

13. Notizen von einer Rückkehr ins Tram 83.

Das Tram 83 erstrahlte wie eh und je im Glanz verpfuschter Nächte. Es blieb stets dasselbe, gestern, heute, übermorgen. Das Bier wurde mit fünfzehnminütiger Verspätung serviert. Die Kellnerinnen und Aushilfskellnerinnen tanzten mit tatkräftiger Unterstützung der Mutter Oberin allen auf der Nase herum. Die Küken lächelten verführerisch und quatschten ausnahmslos alle Gäste an. Die gemischten Sanitäranlagen waren stets gut besucht. Die Männer gingen hinein und kamen glücklich wie nie wieder heraus.

Sie alle sehnten sich nach denselben Dingen: Geld und Sex. Sie liebten das Geld und die Küken. Sie alle hatten etwas mit den Minen und dem Tram. Wenn sie eine Abbaugenehmigung des abtrünnigen Generals besaßen, irrten sie tagsüber durch die Minen und feierten nachts ihr Glück im Tram. Sie machten die Küken und die Frauen-ohne-Alter an, verschmolzen mit dem Jazz und tranken Bier, bis es ihnen oben wieder rauskam. Manche behaupteten, sie bräuchten den ganzen Sambesi-Fluss, um wirklich betrunken zu werden. Frage: Wie viele durchzechte Nächte wären das wohl?

»Sie nutzen die Kundschaft ab. Wenn Sie sich weiter so an die Touristen hängen, schmeiße ich Sie raus.«

In den Anfangstagen des Tram waren Küken-Mädchen nicht zugelassen. Dann merkte man, dass sie als Köder zu gebrauchen waren, dass sie ein Recht auf Leben und Freiheit hatten, dass sie den Umsatz steigerten, dass sie den Auswahlkriterien entsprachen, dass es ihre einzige Möglichkeit zum Überleben war, und so wurde allen, die Typen anlocken und zum Trinken bringen konnten, eine Art Freifahrtschein ausgestellt. Die Single-Mamis hielten nicht viel von ihnen und die Armada der Kellnerinnen und Aushilfsdingsbums noch weniger. Das Problem war, dass sie nett waren, offen für Verhandlungen und für so junge Dinger ehrlich und intelligent. Sie lehnten es ab, Unterwäsche zu tragen, angeblich weil die sie einengte.

»Das Vorspiel verdirbt die Lust.«

Die Mädchen-ohne-Höschen hatten ein Gespür für den richtigen Auftritt, was ihnen den Ruf einbrachte, sie würden sich mit »Direktstartern« und Fetischen jeder Art vollstopfen, um ihre Touristen-Kunden zu Sklaven und Schoßhündchen zu machen; eine Strategie, die sie von ihren Großmüttern und Urahninnen übernommen hatten, die selbst schon im Tram gebaggert hatten, als dieses noch Savorgnan de Brazza, dann San Salvador, dann Pool Malebo, dann Santa Rosa und dann Sansibar hieß. Manche Touristen, so hörte man, waren nicht mehr zu bändigen, wenn sie erst einmal ihr Herz verloren hatten, und verbrachten gute drei Stunden ihrer Nächte und Tage damit, die Familiennamen oder gleich den ganzen Stammbaum dieser einfachen Mädchen-ohne-Höschen aufzusagen, herunterzuleiern, zu rezitieren, zu singen, zu jaulen, zu brüllen. Und so war rund um den Bahnhof, dessen Metallgerüst und in der Nähe der Minen mit versengtem Arsch stets ihr Gebell zu hören, endlos wie der Strick eines Gehängten: Marie Mujinga Mbombo, Tochter von Marcel Kalambay Mutombo und Jacqueline Ntuma, Enkelin väterlicherseits von Jean-Pierre Tshimbalanga und Thérèse Kalenga, Enkelin mütterlicherseits von Herrn Jean-Philippe de Sauvageon und Marie-Louise Kahenga oder auch Nelly Lomgombo, Nichte von Herrn Rolando Petuveria, Spross eines gewissen Mbuanga, der Hilfsarbeiter in Beach Ngobila gewesen war ... Derselben Legende zufolge hatten andere Touristen zwischen zwei Runden Nahkampf mit unseren fachkundigen Kleine-Schwester-Single-Mami-Prä-Küken-ohne-Höschen ihr Testament geändert und ihnen ihre Edelsteine oder Wohnungen oder Luxusschlitten oder Schlimmeres übertragen. Wieder andere, denen das geheimnisvolle Pläsier zweier eng umschlungener Körper die Sinne verwirrt hatte, vergaßen ihr Flämisch, Französisch, Portugiesisch, Mandarin, Tschechisch, Italienisch und ihr Russisch für Lingala oder Wolof. Diese verfluchten Emporkömmlinge, sozusagen Évolués qua Geburt, störten unsere wohlgeordnete Glückseligkeit, setzten moralische Standards in Sachen Ehrlichkeit, schlichen sich in unsere Kalebassen und blieben für eine Ewigkeit mit unseren Schwestern im Bett, während ihre Brüder weiter flämisch oder russisch sprachen, unsere Erbfolge zugunsten der Merowinger manipulierten, wie wild schwängerten, Goldbarren zum Nordbahnhof, Gleis 17, eskortierten, (Geld-)Schein-Abkommen ratifizierten und sich im Klonen von ein paar Aufstands-Keimzellen probierten, wobei sie sich auf zurechtgeschusterte Evangelien, einen Wortschatz fürs niedere Volk und das Geschwätz eines eingefleischten Trinkers beriefen, seines Zeichens Grubenarbeiter oder Student im Streik ohne Ende des Tunnels oder Wegelagerer oder Pizzabote zweifelhafter oder anderer Herkunft. Sicher ist, dass die besagten Gerüchte zur gleichen Zeit wie die Schlafkrankheit aufkamen: Stellt euch das Tram im Tiefschlaf vor, Kellnerinnen, die zwischen zwei Bestellungen wegdämmern, Grubenarbeiter, die wegdämmern, Studenten mit ihrem Streik ohne Ende des Tunnels, die wegdämmern, Touristen, die wegdämmern, Jazzmusiker, die wegdämmern, Küken, die wegdämmern, Draufgänger, die wegdämmern, und draußen sogar Syrer, die wegdämmern, Polen, die wegdämmern, Franzosen, die wegdämmern ...

»Was sagt die Uhr?«

Sie übersprangen ein paar Lebensphasen, oder sagen wir besser, sie genossen ihre Jugend in vollen Zügen. Ihre Körper waren schwere Geschütze, die euch um den Verstand brachten. Requiem behauptete, sie seien die Zukunft der Menschheit.

»Was sagt die Uhr?«

Regel Nummer 46: Ficke am Tag, ficke in der Nacht, ficke und ficke, denn du weißt nicht, was der nächste Tag dir bringt ... Lucien tastete sich voran. Schwärzeste Nacht. Ein paar Kerzen hier und dort und eine Musikkapelle, die ordentlich einheizte. Malingeau saß direkt vor der Bühne und schaute den Musikern zu, die eine Neuinterpretation eines afroamerikanisches Songs aus den 1950ern spielten. Wortlos setzte sich Lucien zu ihm. Der Verleger war so verrückt nach dem Saxofon, dass er ihn nicht bemerkte. Er vereinte die Leidenschaft für Soul-Musik, Verlagswesen, Karneval und Waren in sich. Lucien wartete über eine Stunde, bevor er ihn ansprach.

»Guten Abend, Monsieur Malingeau.«

»Seit wann sitzt du hier?«

»Ich weiß nicht ... Ich war selbst ganz vertieft in die Musik.«

Er verhaspelte sich. In Wahrheit war er mit den Gedanken woanders. Während der Verleger noch in höheren Sphären schwelgte, fragte er sich, ob es glaubwürdig sei, Napoleon und Christoph Kolumbus die Figur des Lumumba an die Seite zu stellen. Ihm war nicht wohl bei dem Gedanken, an der Geschichte herumzubasteln. Wie weit darf ein Schriftsteller sich vorwagen, wenn er, ausgehend von realen Begebenheiten, eine Welt erfindet, in der das Wahre und das Unwahre nebeneinander stehen? Wer gibt ihm das Recht, mit unserer Erinnerung zu spielen? Wie glaubwürdig ist es, diese doch sehr unterschiedlichen Charaktere in Einklang zu bringen? Der Ausgangspunkt all seiner Figuren, ihr innerer Drang ... Aber das Ende schien unverdaulich. Nicht für ihn, aber für das Publikum, das sich sträuben würde gegen seinen Che mit nur fünf Einsätzen (»Ja«, »Nein«, »Revolution«, »Pflicht«, »Kampf«) und gegen das geschwätzige Schweigen des Benito Mussolini angesichts der fast leidenschaftlichen Verve des Präsidenten Nicolae Ceaușescu.

»Bitte entschuldigen Sie, die Musik ist meine zweite Leidenschaft.«

»Geht mir genauso.«

Ein Chor, eine Salsa-Variante mit einem Nachgeschmack von Funk, der reinste Ohrenschmaus.

»Sie wünschen?«

»Was sagt die Uhr?«

»Wodka.«

Er winkte eine Kellnerin herbei, die herausfordernd näher kam.

»Ich möchte mich zunächst für die bedauerlichen Vorfälle von neulich entschuldigen. Ich dachte, es wäre möglich, dieser Stadt durch Literatur eine gewisse Sicht auf die Welt zu vermitteln. Wir Intellektuellen verschwenden hier doch nur unsere Zeit!«

Unter tosendem Applaus betrat eine Sopransängerin die Bühne. Man nannte sie die Diva der Eisenbahntrassen. Ihre helle Haut erinnerte an weit entfernte Horizonte, Thailand vielleicht oder Nepal oder Afghanistan, wer weiß, vielleicht Ozeanien ... Sicher war auch sie gekommen, um reich zu werden (aber wieso dann singen?). Sie unterlegte all ihre Kompositionen mit Aufnahmen anfahrender Dampflokomotiven, Nordbahnhof. Ihre überwältigende, durch Mark und Bein dringende Stimme verlor sich und tauchte zwischen Fauchen, Pfeifen, Kreischen, Quietschen und Stimmengewirr wieder auf.

»Wir dürfen nicht aufgeben«, sprach der Verleger weiter.

Mit *Meine Züge* hatte sie einen unglaublichen Erfolg gehabt, das Lied war fast sechs Jahre lang in den Charts.

»Was willst du von mir?«

Nach all den Platten, die sie auf den Markt gebracht hatte, musste sie nicht mehr hungrig ins Bett. Das ist eine zum Heiraten, riet der Negus. Regel Nummer 33: Wenn ihr nichts draufhabt, dann heiratet ein Mädchen, das es draufhat, aber nicht irgendeins! Sie muss in Gold und Silber schwimmen, und solche Mädchen sind vom Aussterben bedroht.

»Dein Bühnen-Epos veröffentlichen.«

Emilienne suchte Lucien. Sie fand eine völlig verstörte Person vor. Lucien traute sich noch nicht einmal, sie anzuschauen. Er war schmutzig, verwirrt, schlecht rasiert, vom eigenen Schicksal überfordert.

»Ich habe dir doch gesagt, dass es mich interessiert, dein Bühnen-Epos.«

»Nicht dieser Text. Der ist noch in Arbeit ...«

Er breitete seine Zettelsammlung auf dem Tisch aus. Er dachte, Porte de Clignancourt, wir hier arbeiten hart, und du da drüben amüsierst dich!

Er nahm seinen Stift, schrieb ein paar lange Sätze, bevor er weiterredete ...

Emilienne bestellte zweimal Rum.

»Soll das heißen, dass du nichts zum Veröffentlichen hast?«

»Trinkgeld ...«

»Das Vorspiel imponiert mir.«

»Ich liebe mich und ich liebe dich.«

»Ich habe eine stattliche Karosserie.«

»Komm her, du Süßer.«

Lucien kramte in seiner Zettelsammlung und zog ein paar geheftete Seiten hervor.

»Hier, die letzte Fassung, schon ein paar Monate alt.«

Ferdinand zündete sich eine Zigarette an.

»Wie war noch gleich der Titel?«

Lucien antwortete nicht.

»Freitag, gleiche Zeit, gleicher Ort, dann sage ich dir, was ich davon halte. Vielleicht bringe ich dann schon den Vertrag für die Veröffentlichung mit.«

Lucien stand auf.

»Nicht einmal ein kleines Danke?«

Lucien ging Richtung Ausgang.

»Hör mal, Lucien ...«

Emilienne rannte hinter ihm her.

Sie war ein seltsames Mädchen, eine psychisch Gestörte. Sie war auf der Suche nach der wahren Liebe. Lucien war nett zu ihr. Er war der Mann ihres Lebens, davon war sie überzeugt. Das verübelten ihr die Küken, für die nur das Geld zählte.

Requiem schwafelte, dass jedes menschliche Wesen zwei Kabel im Kopf habe: ein blaues und ein gelbes. Wenn man das blaue Kabel durchtrennt, wird der Mensch verrückt. Und der Negus philosophierte weiter: Drei Viertel der Menschheit haben das blaue Kabel schon eingebüßt. Er ließ seinen Blick durch das Tram wandern, referierte die Namen der Touristen, der Kellnerinnen, der Aushilfskellnerinnen, der Grubenarbeiter, der Schrecklichen und der Küken, die das besagte Kabel nicht mehr hatten. Die Namen von Lucien, Emilienne, der Aushilfskellnerin mit den dicken Lippen und des Besitzers des Tram fehlten nie auf seiner Liste.

Wiegende Rhythmen, Klavier, Klarinette, Saxofon, Schlagzeug und E-Gitarre, eine Kapelle direkt aus Pointe-à-Pitre.

14. Requiem und Malingeau oder wenn zwei Hochstapler auf ihr Wohl trinken.

Tram 83, drinnen.

Hinten im Feld ein Saxofonist bei seinem Solo.

An der Sturmspitze die Demoiselles d'Avignon in ihren keuschen Kleidern, die männliche Kundschaft genau im Blick.

Links in der Abwehr die chinesischen Touristen.

Links außen die indoeuropäischen Touristen.

Am Eingang die Aushilfskellnerin mit den dicken Lippen und ihrem Kolonialarmee-Französisch.

An der Bar Requiem und Ferdinand Malingeau.

»Wie mir zu Ohren gekommen ist, läufst du mir nach …«

»Kann schon sein.«

»Was willst du von mir?«

»Hör auf, in meinen Jagdgründen zu wildern.«

»Du solltest mal mit einem Marabu sprechen.«

»Es heißt, du möchtest Luciens Geschreibsel verlegen.«

»Was geht dich das an?«

»Ich verbiete es dir.«

»Mit welchem Recht?«

»Ich bin dir keine Erklärung schuldig. Lucien hat es mir zu verdanken, dass er in dieser Stadt ist. Ich habe meine Beziehungen spielen lassen, um diesen Idioten aus dem Dreckloch von Hinterland zu holen. Ich bestimme, wo es für ihn langgeht, lass dir das gesagt sein.«

»Du spinnst doch.«

»Aber wenn dir so viel an der Veröffentlichung dieser Maniokblätter liegt, können wir bestimmt ins Geschäft kommen. Weißt du eigentlich, was ich wegen diesem miesen Hund alles durchgemacht habe? Das werde ich ihm nicht verzeihen. Solange ich lebe, werde ich alles daransetzen, ihn lächerlich zu machen, ihn niederzumachen, ihn zu vernichten.«

Das war ein offenes Geheimnis. Requiem schob Lucien alles in die Schuhe: die Niederlage der Regierungstruppen, den Tod seines Vaters, die überstürzte Wiederheirat seiner Mutter, die Scheidung von Jacqueline.

»In meiner Abwesenheit hat er mir meine Frau weggeschnappt. Ich werde ihn bis zum letzten Tag bekriegen … Du tust mir leid, Malingeau. Wenn du sein Geschreibsel unbedingt veröffentlichen willst, musst du fünftausend Dollar für die Rechte zahlen. Sonst …«

Der Verleger lachte.

»Hör zu, Malingeau.«

»Geh schlafen, Negus.«

Der Verleger leerte seine Flasche, ließ den Negus stehen wie bestellt und nicht abgeholt und ging zu den Demoiselles d'Avignon.

Der Verleger war Stammgast im Tram 83. Er kam fast täglich. Man behandelte ihn wie einen Prinzen. Er war im Ansehen gestiegen, seit der abtrünnige General ihn namentlich in einer seiner Endlos-Reden genannt hatte. Sie hatten dasselbe Gymnasium in Genf besucht und kannten sich persönlich. 1978 hatten sie sich nach einem Schulwechsel des Generals aus den Augen verloren. In der Presse war Malingeau wieder auf seinen ehemaligen Klassenkameraden gestoßen. Zu dieser Zeit war der Name des Generals in aller Munde und fand sich in allen ausländischen Zeitungen.

Ferdinand Malingeau gehörte, wie der Name schon sagt, zu einer seltenen Spezies. Anfangs noch Tourist ohne Gewinnabsichten, wurde er bald von der Stimmung im Tram 83 und den Barmädchen mitgerissen. In seinem Heimatland war er als studierter Theologe, Ökonom und Landschaftsplaner leitender Angestellter einer großen Bank gewesen. Das jedenfalls erzählte man sich. In einer Stadt, die auf den Grundsätzen Überlebenskampf, Edelsteine und Kalaschnikows beruhte, war es schwer, die genaue Identität der Touristen zu bestimmen. Aus welchen Ländern stammten sie wirklich? Warum kamen sie nach Afrika? Was waren ihre tatsächlichen Beweggründe? Hatten sie Frauen und Kinder? Den Gerüchten zufolge hatte Malingeau alles aufgegeben, um den Boden von Stadtland zu küssen. Er konnte sich zunächst nicht zwischen Tibet und Indien entscheiden. Fast alle Touristen ohne Gewinnabsichten hielten die Monotonie nicht mehr aus und waren getrieben von der Hoffnung auf ein Leben in einer Welt, auf einem Kontinent, der noch nicht von den Ausscheidungen der Globalisierung verseucht ist. Drei Monate schaffte er es, sich vom Abbau fernzuhalten. Was ein wahres Wunder war. Nach eigener Aussage wollte er keinen Profit aus dem schwarzafrikanischen Afrika schlagen. Sein Fehler war, dass er begann, im Tram 83 herumzulungern. Ohne Kohle ist das Leben im Tram 83 unerträglich. Die Küken meiden dich. Die Grubenarbeiter meiden dich. Die Kellnerinnen und die Aushilfskellnerinnen meiden dich. Die chinesischen Touristen meiden dich. Die gewinnorientierten Touristen meiden dich. Die Musiker meiden dich. Die Studenten meiden dich. Die Schrecklichen meiden dich. Die Händler meiden dich. Kurz, eine schreckliche Einsamkeit. Für einen weißen Touristen war die Demütigung besonders groß. Angeblich hatte er sich aus diesem Grund entschlossen, ebenfalls Abbau zu betreiben. Um die Küken zufriedenzustellen, die hinter ihm her waren, und ins Königreich der Touristen erster Klasse einzuziehen.

Alle, die ihm bei seiner Ankunft in Stadtland begegnet waren, waren stolz, wenn sie von dem Mann erzählten. Sie konnten sich noch gut an Malingeaus Eintritt in ihre Welt erinnern. Es war an einem Samstagabend, und der Laden kochte. Die Tür ging auf, und ein junger Mann betrat das Tram, schmutzig, mager, einsilbig, mit traurigem Hundeblick und nichts als einem Koffer in der Hand. Die Stammgäste des Tram kennen sich alle, auch wenn sie nicht unbedingt miteinander sprechen. Ihnen war sofort klar, dass es sich um einen Neuling handelte.

Er war lange umhergeirrt, bevor er im Tram 83 angespült worden war. Wie alle Orte der Geselligkeit hatte das Tram seine eigene Hierarchie. Die Individuen schlossen sich nach ihrer geografischen Herkunft, ihrer jeweiligen Sprache, vor allem aber nach ihren finanziellen Möglichkeiten zusammen: die gewinnorientierten Touristen, die dunkelhäutigen Touristen, von denen die meisten arm waren, die weißen Touristen und schließlich die chinesischen Touristen, die unter sich bleiben wollten und sich stets im organisierten Verbund bewegten, sogar in die gemischten Sanitäranlagen. Dieses Kastensystem hatte seinerseits interne Abstufungen, die oft vom Geld und der Blässe der Haut abhingen. So umfasste die Bezeichnung »Tourist zweiter Ordnung« oder »Tourist zweiter Klasse« alle Weißen und Schwarzen, die pleite waren. Der Verleger konnte also nicht sofort mit den gewinnorientierten Touristen mit Abbaugenehmigung anbandeln. Durch die afrikanischen Touristen kam er mit dem Negus in Kontakt. Dank Requiems Beziehungen wurde er zu seinem ehemaligen Mitschüler, dem abtrünnigen General, vorgelassen, der ihm eine Abbaugenehmigung und den Schlüssel zu einer seit der Dekolonialisierung brachliegenden Mine überließ. Malingeau ernannte den Negus zum Direktor seines neu gegründeten Unternehmens. Zwei Jahre lang zockte Requiem ihn ab. Er pfuschte herum oder verkaufte Aufträge, die die Gesellschaft in Aussicht hatte, gleich an die gewinnorientierten Touristen weiter. Was Malingeau dermaßen in Rage brachte, dass er ihm nach mehrmaliger Verwarnung kündigte. Das konnte der Negus nicht hinnehmen und beschwerte sich bei allen maßgeblichen Personen: »Er hat es mir zu verdanken, dass er überhaupt den Mund aufmachen darf. Der war halbtot, als er im Tram aufgetaucht ist, ein Wiedergänger, ein Zombie, aber undankbar, wie er ist, speist er mich mit Krümeln ab. Ich zocke ihn nur ab, weil das Erz uns gehört, es ist unser Erz.«

15. Die unangenehmen Folgen eines Flirts mit einem Küken, von dem man nicht ahnt, wie gefährlich es ist.

Ferdinand trank gerade in aller Ruhe sein Bier, als sich eine junge Frau unaufgefordert zu ihm an den Tisch setzte. Den Gerüchten im Tram 83 zufolge nutzten die Frauen von Stadtland schamlos den Zauber von *Grisgris*, um sich ihre Beute zu schnappen. Was wohl der Wahrheit entspricht. Es war schwierig, fast unmöglich, sich ihrem Charme zu entziehen.

»Du bist egoistisch!«

»Du denkst, ich bin ...«

»Ich sage nur, was ich sehe ...«

»Warum?«

»Ganz allein sitzt du hier und trinkst, obwohl das Tram voll ist und es an hübscher Gesellschaft nicht mangelt.«

»Brauche ich nicht«, brummte der Verleger.

»Dann störe ich?«

»Das habe ich nicht gesagt.«

Sie hob die linke Hand. Die Aushilfskellnerin mit den dicken Lippen eilte herbei.

»Ein Glas Rotwein!«

Die Grubenarbeiter, Küken, Studenten und die armen Touristen nahmen immer Wein, wenn sie mit einem gewinnorientierten Touristen plauderten. Das hat Stil, sagten sie. Die junge Frau flüsterte etwas. Der Verleger gluckste. Und die Unterhaltung ging angeregt weiter.

»Du siehst gut aus.«

»Wer, ich?«

»Du bist schön wie ein Pornostar ...«

»Findest du wirklich?«

»Ja, schön wie in diesen Filmen, wo sie Geschlechtsverkehr haben«, erwiderte die junge Frau ausweichend.

Der Verleger seufzte tief ...

»Denkst du, ich lüge? Ich sage nur, was ich sehe ...«

Rauchgeschwängerte Luft.

Vom Alkohol heisere Stimmen.

Das gedämpfte Lachen der Küken.

Ein Bluessong, ein Quartett ließ die Töne mit dem helldunklen Himmel des Tram verschmelzen. Bei jedem Refrain jammerte die Sopranistin:

Halt mich fest, ohne mich zu erdrücken
Umarme mich, ohne mir den Atem zu rauben
Liebkose mich, ohne mich zu verletzen
Oh, Geliebter
Entführe mich nach Odessa
Und stimme mit mir die Symphonie der Liebe an

»Wovon lebst du?«

»Ich bin im Ruhestand«, sagte der Verleger und lächelte.

»Nein, sag schon, was fängst du mit deiner Zeit an?«

»Ich bin im Bergbau tätig.«

»Was für ein schöner Beruf!«

»Und Madame?«

»Mademoiselle, wenn ich bitten darf. Mach mich nicht älter, als ich bin. Was verlierst du, wenn du mich Mademoiselle nennst?«

»Und Mademoiselle?«

Sie stand auf, umkreiste den Tisch und reichte Malingeau die Hand. Er erhob sich. Langsam gingen sie Richtung Tanzfläche ...

Die Töne wirbelten umher wie Blätter im Wind.

Das Saxofon begleitete schnarrend das Jammern der Sopranistin.

Halt mich fest, ohne mich zu erdrücken
Umarme mich, ohne mir den Atem zu rauben
Liebkose mich, ohne mich zu verletzen
Oh, Geliebter
Entführe mich nach Odessa
Und stimme mit mir die Symphonie der Liebe an

»Du siehst gut aus.«

»Das hast du schon gesagt.«

»Ja, ich weiß.«

»Ich bin ein bisschen zu alt für dich.«

»Das Alter ist doch nur ein Vorwand …«

Sie ließ ihre Hand über die seidige Hose des Verlegers gleiten. Geschickt tastete sie nach Malingeaus Penis, umfasste ihn und begann ihn zu streicheln. Ein paar Minuten widerstand er noch, dann kapitulierte er …

Die Sopranistin mit ihrem Refrain.

Halt mich fest, ohne mich zu erdrücken
Umarme mich, ohne mir den Atem zu rauben
Liebkose mich, ohne mich zu verletzen
Oh, Geliebter
Entführe mich nach Odessa …

»Sollen wir gehen?«

»In welchem Viertel wohnst du?«

»Sankt Athanasius.«

»Ich wusste es, das Weißen-Viertel.«

Es handelt sich um eines der ältesten Viertel von Stadtland. Nur dem weißen Teil der Bevölkerung ist es gestattet, dort zu wohnen. Es ist das Viertel des abtrünnigen Generals und aller gewinnorientierten Touristen. Es befindet sich zwischen dem Vampir-Viertel, dem Viertel der Fahrer, Hausangestellten und anderer Afrikaner im Dienst der Kolonialverwaltung, und der Roten Zone, Elendsviertel im Großformat oder urbane Müllhalde, die gegen jeglichen städtebaulichen Kanon verstößt, düsterer und schmutziger als handelsüblich auf dem Schwarzmarkt der Geschichte. Deshalb ist der Wechsel des Wohnorts der erste Reflex eines jeden Grubenarbeiters, der einen Diamanten findet. Alle Hungergestalten aus der Roten Zone träumen davon, eines Tages nach Sankt Athanasius zu ziehen.

»Das Vorspiel ist für mich wie die Demokratie. Wenn du nicht zärtlich zu mir bist, rufe ich die Amerikaner.«

Vor dem Tram stritten sich zwei Küken um einen siebzigjährigen Touristen. Malingeau und sein Fang bahnten sich einen Weg durch eine Horde von Schaulustigen, unter den bestürzten Blicken einiger besonders engagierter Verfechter der völligen Unabhängigkeit junger Frauen. Arm in Arm gingen sie zum Auto und blieben immer wieder stehen für Leibes- und Zungenvisitationen aller Art. Zufrieden mit diesem Vorspiel, ließ der Verleger den Motor seiner Limousine an, die linke Hand im Mieder des Schätzchens.

»Du bist wie die Sonne, du bist der Mann meines Lebens ...«

»Mit dir ist es schöner als in meinen kühnsten Träumen ...«

»Ich bin die Königin der Nacht. Ohne mich ist das Tram bloß eine Zweigstelle geplatzter Träume.«

»Wie heißt du?«

»Christelle, Chris für meine Freunde ...«

Eine Viertelstunde später hatten sie ihr Ziel erreicht.

Das Haus von Malingeau war ein herrschaftlicher Palast.
Sie legte ihre zarten Lippen auf Malingeaus Mund.
Sie begann sein Hemd aufzuknöpfen.
»In meinem Zimmer haben wir es bequemer. Komm ...«
»Liebe mich hier. Dein Zimmer ist mir zu förmlich.«
Sie ließen sich auf das Sofa fallen.
»Gib mir zuerst mein Geld.«

Malingeau angelte sich seine Hose, die auf dem Teppich lag, und zog wahllos ein paar Scheine hervor.

»Hier, meine Prinzessin.«
»Mehr.«
»Du liebst das Geld!«
»Ich liebe das Leben.«
Sie riss ihm das Geld förmlich aus der Hand,
»Komm, mein Süßer, lass mich machen.«
hob ein Bein leicht an ...

Nach zwei schnellen Runden wollte Christelle eine dritte, eine vierte, eine fünfte ... Der Verleger brach nach drei Stunden Hochleistungsgymnastik zusammen. Sie kleidete sich im zairischen Stil, zog eine kleine Kamera aus ihrer Handtasche und fotografierte den schlummernden Körper: ein Dutzend Aufnahmen.

Als Malingeau aus seinem langen Schlaf erwachte, hallte in seinem Kopf noch die Musik nach. Christelle war schon gegangen. Sie hatte ihm eine Nachricht auf einen Zettel gekritzelt:

»Ich habe deinen Körper getrunken, bis mein Durst gelöscht war.«

16. Malingeau, Lucien und Requiem oder eine unmögliche Liebe.

Es gibt Städte, die brauchen keine Literatur: Sie sind Literatur. Sie sind stolz und stehen mit beiden Beinen im Leben. Sie strotzen vor Selbstbewusstsein und mögen sich trotz der Müllsäcke, die sie mit sich herumschleppen. Stadtland, eins von vielen Beispielen ... Es pulsiert vor Literatur.
»Ich liebe dich, Süßer.«
»Das Vorspiel kann ich nicht leiden. Es verdirbt mir die Lust.«
»Was sagt die Uhr?«
Geschrieben wurde Stadtland von den Gigolos, Küken, Grubenarbeitern, Vier-Sterne-Bordellen, entführungshungrigen abtrünnigen Rebellen, Erzsuchern, Ex-Touristen ... Die Kunstledertasche über der Schulter, stürzte Lucien sich in die Nacht. Straße der Touristen, Straße der Unabhängigkeit, Straße des Internationalen Waffenstillstands, Straße der Totengräber, Straße des Erzes, Straße des Kupfers, Straße der 1. Revolution, Straße der 3. Revolution, Straße der einzig wahren Revolution ... Vor dem Eingang eine Massenschlägerei zwischen Grubenarbeitern, streikenden Studenten und Schrecklichen, wegen eines Falls von sexuellem Missbrauch durch eine Gruppe Grubenarbeiter an einer studentischen Single-Mami, Stammgast im Tram. Er kramte sein Notizbuch hervor, hielt fest, wie sehr Eisenbahnen, Erze und schlecht kontrollierte Triebe zur Verwesung der dem Reichtum nachempfundenen Körper beitrugen ...
Im Tram dieselbe Szenerie, bis auf ein paar zusätzliche Tit-

ten. Alle Darsteller auf ihren Posten. Eine Blaskapelle mit Schlagzeug. Der Verleger, pünktlich wie immer, unterhielt sich mit einem Single-Mami-Küken. Er setzte sich, bestellte etwas zu trinken. Der Verleger befreite sich aus den Fängen der jungen Frau.

»Ich habe mir nicht viel Mühe mit deinem Manuskript gemacht. Ich habe die erste Hälfte gelesen, und die Beschreibung dieser zwanzig Figuren hat mich überzeugt. Es ist toll, wie sie unablässig durch das Gebäude irren, aus Gründen, die besser ungesagt bleiben. Mir gefällt ihre Sprache, ihre Derbheit, ihr Humor ...«

»Trinkgeld ...«

»Du hast Talent. Ein echter Schriftsteller, das sieht man. Deine Figuren füllen den Raum. Ich kann sie mir gut auf einer Bühne vorstellen, vielleicht sogar hier im Tram ...«

Er zeigte auf die Bühne, auf der gerade die russische Kapelle spielte.

»Soll das heißen, du willst meinen Text herausgeben?«

»Was soll das werden? Willst du mich heißmachen?«

»Wein macht wirr. Zwei winzige Gläschen und schon verlierst du den Kopf. Bier bringt dich geradewegs ins Paradies.«

»Nimm mich mit nach Bratislava und mach mich zur Königin deiner Träume!«

Der Tratsch vom Nachbartisch mischte sich in ihr Gespräch.

»Nicht so schnell, Lucien! Ich will, dass du deinen Text von Grund auf überarbeitest. Zwanzig Figuren sind zu viel für ein Bühnen-Epos.«

Lucien sah ihn ausdruckslos an.

»Ich brauche einen Text mit maximal zehn Figuren. Streich die Hälfte der Figuren, und ich veröffentliche dieses kleine Juwel.«

»Was sagt die Uhr?«

»Glaubst du, dass das so einfach ist?«

»Hände weg von meinen Titten! Was soll das werden, ein Erpressungsversuch?«

»Mit zwei Küken ins Bett, das ist glatter Selbstmord. In einer einzigen Nacht saugen sie dir alle Energie aus dem Körper.«

»Du bist Herr über deinen Text, es genügt, die Lasten umzuverteilen.«

Draußen ein Schuss.

»Was sagt die Uhr?«

»Ich bleibe bei meinen zwanzig Figuren, Monsieur Malingeau.«

Draußen schrien die Studenten Vendetta.

»Was sagt die Uhr?«

»Wenn das so ist, musst du dir einen anderen Verleger suchen!«

»Artikel 15.«

»Was sagt die Uhr?«

Draußen Grubenarbeiter, Flüche, Hymnen auf die Zweite Republik, Chronik eines Führungskonflikts. Fast gewaltsam nahm er Malingeau das Manuskript aus den Händen.

»Ich streiche die Figuren, aber ich warne dich ...«

»Hör zu, Lucien, schreib mir in der Zwischenzeit eine Kurzgeschichte über die Ambitionen des abtrünnigen Generals. Siebentausend Zeichen.«

»Gesellschaft gefällig, der Herr ...«

»Warum der abtrünnige General und nicht die Gleise oder sogar die Minen?«

»Trinkgeld ...«

»Bring mich fort aus dem Tram, bring mich nach Sarajevo.«

»Wir trinken das Wasser der armen Leute: Bier! Den Sekt

und den Whiskey überlassen wir den gewinnorientierten Touristen.«

»Schau, an meinem Po ist alles echt, wie sollte es anders sein? Ich bin schließlich Brasilianerin.«

»Trinkgeld!«

»Was sagt die Uhr?«

Sie unterhielten sich noch eine Weile. Um 22 Uhr verließ Lucien, enttäuscht über die neue Frist, das Tram.

Spätnachts tauchte Requiem mit einem Küken auf. Sie setzten sich zu Malingeau.

»Hallo Requiem ...«

Der Negus verzog keine Miene.

»Gut siehst du aus«, bemerkte der Verleger.

Mindestens zwanzig Minuten lang nahm er keine Notiz von ihm und befummelte stattdessen lieber die Brüste des Mädchens. Malingeau wandte sich zum Gehen. Requiem herrschte ihn an:

»Ich habe meine Meinung geändert. Du schuldest mir nicht fünftausend, sondern zehntausend Dollar, wenn du Luciens Geschreibsel veröffentlichen willst.«

»Du bist doch verrückt! In spätestens fünf Monaten bringe ich Luciens Bühnen-Epos heraus, und es wird ein großes Fest geben.«

»Du wirst schon noch sehen, was du davon hast.«

»Du verschwendest meine Zeit!«

Der Verleger wollte schon gehen, als der Negus ihm hinterherrief:

»Wenn du unbedingt diesen Text veröffentlichen willst, veröffentliche ich deine Fotos!«

Malingeau machte auf dem Absatz kehrt.

»Welche Fotos?«

»Du kennst doch Christelle?«

»Was redest du da?«

»Das Mädchen, das dich letzten Sonntag gevögelt hat ...«

»Lass mein Privatleben aus dem Spiel!«

»Sie arbeitet für mich.«

»...«

»Sie hat dich gevögelt und fotografiert. Wenn du Luciens Geschreibsel veröffentlichst, veröffentliche ich die Fotos, auf denen du nackt bist wie ein Wurm«, sagte Requiem und wieherte vor Lachen.

Malingeau war schwanzgesteuert. Kein normaler Mensch hätte nach allem, was er erlebt hatte, je wieder mit einem Küken angebandelt. Zwei Tage vor Christelles und Requiems bösem Streich hatte er eine schreckliche Begegnung gehabt. Die Auswahl im Tram ließ zu wünschen übrig. Immer wenn die Stimmung besser wurde, hieß es, die Bewohner des benachbarten Friedhofs wären gekommen, um zu trinken, einen Joint zu rauchen, ihre Körper an unseren zu reiben, an einem Hundekotelett zu knabbern und das Tanzbein zu schwingen. In den gemischten Sanitäranlagen traf er ein Küken. Er lud es auf ein Glas Rotwein ein.

Vielleicht stammt sie aus einer wohlhabenden Familie, dachte er sich.

Das Mädchen sagte, komm mit zu mir, dann bekommst du eine schöne Massage. Sie nahmen seine beigefarbene Limousine.

Sie kommen zu ihrem Haus, ein mehrstöckiges Gebäude mit Wachmännern, Leibwächtern, Schildwachen und deutschen Schäferhunden. Sie lieben sich bis fünf Uhr in der Früh. Eng umschlungen schlafen sie ein ... Als er erwacht, ist das Mädchen verschwunden, und er liegt völlig nackt auf einer Pritsche in einer armseligen Bruchbude in der Nähe der Cabu-Brücke. Er zieht sich hastig an, steigt in seine Limousine, dritter

Gang … Er kommt ins Tram. Draußen Leute, Mädchen, Mädchen, Mädchen … Er geht ins Tram, packt seine Geschichte aus.

»Der Name des Mädchens«, fragt man ihn.

»Georgette Luise de Sonfina, sie trug ein langes hellblaues Kleid und verströmte den Duft von Jasmin.«

Die darauf folgende Auskunft lässt ihm das Blut in den Adern gefrieren. Das fragliche Küken sei die Tochter eines Touristen aus dem 19. Jahrhundert. Sie sei vor etwa achtzig Jahren an einer Hirnblutung gestorben und sogar mit den vom Verleger beschriebenen Kleidern beerdigt worden und dem Duft von Jasmin …

Malingeau versuchte zu verhandeln, aber der Negus blieb bei seinen Forderungen.

»Wenn du diesen Dreckskerl veröffentlichst, veröffentliche ich deine Aktfotos.«

Weil ihm nichts Besseres einfiel, setzte er sich auf seinen fetten Arsch und zündete sich eine Zigarette an … Requiem tat, als ob nichts gewesen wäre, und spielte weiter Akkordeon mit den Fleischtomatentitten der jungen Dame.

17. Der Aktfotosammler.

Requiem hatte Fotos von gut zweihundertfünfzig nackten Touristen. Sie lagen ihm zu Füßen. Sie bezahlten seine Getränke, überwiesen monatlich Geld auf sein Konto, verehrten ihn richtiggehend. Einmal hatte ein Tourist ihn, empört über die ständigen Drohungen, wegen Erpressung und Verleumdung verklagt. Gleich am nächsten Tag ließ Requiem die Fotos des Touristen im Adamskostüm in allen Klatschblättern von Stadtland veröffentlichen. Um dem Ganzen die Krone aufzusetzen, ermunterte er das Mädchen, den Touristen der Vergewaltigung zu bezichtigen. Der arme Tourist plädierte auf beiderseitiges Einverständnis, ein Kampf gegen Windmühlen. Alter ist ein dehnbarer Begriff in einem Land, in dem seit Noah, dem Propheten Ezechiel und Schwester Abigail kein Bürger je einen Ausweis besessen hat. Die junge Frau war zum Tatzeitpunkt schon volljährig. Doch es war Geld im Spiel. Und wer liebt es nicht, das Geld? Das Gericht, korrupt bis ins Mark, hatte eine Melkkuh gefunden. Der Tourist war ruiniert, musste eine Geldstrafe zahlen, und ihm drohte Gefängnis. Der abtrünnige General, dessen Popularitätswerte wie immer im Sinkflug waren, ließ den Touristen des Landes verweisen, um sich bei seinem Volk beliebt zu machen. Die gewinnorientierten Touristen protestierten wochenlang. Sie waren machtlos und außerstande, den Negus unschädlich zu machen. Sie konnten ihn nicht einfach aus dem Weg räumen lassen. Das hätte unkontrollierbare Plünderungen und Unruhen zur Folge gehabt. Wie in den Zeiten nach der Unabhängigkeit hätten sie ihre Koffer packen und fliehen müssen. Requiem ein Haar zu krümmen war das schlimmste Vergehen, das ein gewinnorientierter Tourist sich erlauben konnte.

Der größte Traum des Negus war es, Fotos des abtrünnigen Generals zu besitzen.

18. Zusammenkunft mit Waffenbörse, um den Schrecklichen, den Draufgängern und ihrem abtrünnigen General zu zeigen, dass die Welt ein Kettenkarussell ist.

Straße der Regierung 63, gegen zwei Uhr morgens, Auftritt Lucien.

»Was sagt die Uhr? Denn ich halt es echt nicht mehr aus. Nimm meinen Busen, ändere mich, mach aus mir die schönste aller Frauen!«

»Bier trinken ist wie gar nichts trinken. Bier trinken ist wie Wasser trinken.«

»Mach Zwangsliebe mit mir ...«

»Doggy, Missionar oder Löffelchenstellung? Ich kann sogar Reiter, Krabbe und Qualle, was beweist, dass ich mich im Leben auskenne.«

Requiem hatte acht Männer mit vielsagenden Namen mitgebracht, Der Drache, Mortal Combat, Freistoß, Dysenterie, Unbezwingbare Masern ... Regel Nummer 27: Das Tagesgeschäft ist kein Strandausflug, »Haltung, Männer«, sagte er ungeduldig. Angesichts der Spitzhacken und Schaufeln erriet Lucien, dass es sich um Schürfer handelte. Nach der Begrüßung gingen sie wortlos die Straße zu den Lagerhallen hinunter, die bei den Plünderungen 1992 abgebrannt und verlassen, dann renoviert und in der zweiten Halbzeit eines Befreiungskriegs abermals niedergebrannt und schließlich von abtrünnigen Rebellen umgenutzt worden waren, die dort mit ihren Familien und ihren Hunderten von Haustieren lebten.

Schon am Eingang zeigten sich die Charakteristika der Anlage. Ziegen. Hähne. Truthähne. Beignetbuden. Schubkarren. Fahrzeuge aus einer anderen Zeit. Stühle ohne Beine. Single-Mami-Prä-Küken, die euch anlachen und selbst dann angreifen, wenn ihr nicht reagiert: »Ihr Schlappschwänze, ihr Nieten, ihr Schisser, ihr Bauern, ihr Mädchen, ihr Möchtegern-Männer, kommt her und zeigt uns, dass ihr uns zum Stöhnen bringen könnt!« Hier und dort Single-Mamis beim Kochen. Sie bahnten sich einen Weg durch die Kinder, die auf dem Hof herumwuselten.

Lucien wollte ein wenig mehr über ihre Mission erfahren, aber »Du musst dir unbedingt *Zwei Mann, ein Schwein und die Nacht* anschauen, der Typ hat es drauf, das ist nicht zu übersehen.«

Requiem begann unvermittelt ein Gespräch über Jean Gabin. Er hatte den ihm eigenen Tick, unbequemen Fragen mit Kino und seiner Vorliebe für Gipsymusik auszuweichen. Drei Uhr morgens ... Sie betraten die dritte Lagerhalle von links, eine Art tropikalisierte Neuauflage des zerstörten Kafarnaum.

Da treffen sich die großen Geister. Ein Mann im Tarnanzug, gut gebaut, im Stehen ein Maschinengewehr polierend, empfing sie mit offenen Armen. Requiem beeilte sich, alle miteinander bekanntzumachen. 3 Uhr 10 ... Sie setzten sich auf Kanister. Der Mann winkte eine junge Dame herbei, die Getränke und eine Reihe Joints brachte. Requiem fasste zusammen: Seit einiger Zeit ist es unmöglich, unbewaffnet in das Polygon hinabzusteigen. Vergangenen Monat hat uns die Bande von Toter-als-tot unter Beschuss genommen. Als wir die Ware zum Waschen abtransportieren wollten, haben sie das Feuer auf drei meiner Männer eröffnet und sind mit der Beute abgehauen. Letzte Woche sind uns die Draufgänger und die Minenpolizei auf den Leib gerückt.

»Was braucht ihr?«

Er polierte weiter seine Waffe, ohne die Gäste anzuschauen. Der Negus nahm ein Stück Papier aus der Tasche und steckte es ihm zu.

»Alles, was nötig ist, um sich durch den Fels zu schlagen.«

Der Soldat stand auf, kam mit Kalaschnikows, Bajonetten, Sprengstoff und Tarnanzügen zurück.

»Die gleiche Ausstattung wie beim letzten Mal, um Rückgabe binnen zwei Tagen wird gebeten.«

Sie machten die Abrechnung. Requiem zog einige Scheine aus seiner Tasche. 3 Uhr 50 ...

»Die Götter bekriegen sich im Himmel und wir auf der Erde. Sie können uns nicht daran hindern, uns mit unseren Diamanten vollzustopfen«, beschwerte er sich.

Er war geschickt im Umgang mit Feuerwaffen. Wenig verwunderlich für einen, der den Sudan, Angola, Korea, Ex-Zaire, Israel und sogar Ruanda hinter sich hatte. Wie die meisten jungen Akademiker seines Jahrgangs hatte er sich verpflichten lassen, um die Vorstöße der zweiten Welle des dritten Befreiungskriegs zurückzuschlagen. Viele waren zur Armee gegangen, um die Welt zu verbessern, vor allem, weil es dort neben einer Ausbildung im Ausland auch einen Sold gab, von dem andere nur träumen konnten.

Draußen teilten sie die Artillerie unter sich auf. Lucien zögerte. Sie zwangen ihn, seinen Kampfanzug anzulegen.

»Wir holen uns unsere Säcke zurück.«

Der abtrünnige General herrschte, ohne zu teilen. Er besaß zwanzig Niederlassungen für den Ankauf und Export von Rohdiamanten und war Teilhaber bei fast allen touristengeführten Unternehmen. Abbaugenehmigungen verscherbelte oder verschenkte er, an wen er wollte. In seinem Größenwahn öffnete und schloss er die Mine der Hoffnung, wie es ihm passte, obwohl ganz Stadtland von besagter Mine lebte. Bei jeder Schließung wurde das Land von einer unbeschreiblichen Krise erschüttert, sehr zur Freude einer Minderheit von Touristen, die jederzeit abbauen durfte. Aber den Abenteurern und Händlern waren die Dekrete des launischen Generals zur Schließung der Mine der Hoffnung scheißegal. Sie drangen nachts in die von den Schrecklichen, der persönlichen Miliz des Chefs, und anderen Wachdiensten abgeschirmte Anlage vor. Es folgten stundenlange Scharmützel mit vielen Toten. Die Draufgänger verbündeten sich mit den Schrecklichen, gaben Informationen weiter oder griffen die Schürfer gleich selbst an und nahmen ihnen die Ware ab. Die schwerbewaffneten Schürfer, wegen ihrer Entschlossenheit auch Selbstmörder genannt, ließen sich aber nicht einschüchtern. Sie bedienten ihre Kalaschnikows mit großer Anmut. Schürfer oder abtrünnige Rebellen oder gewinnorientierte Touristen oder Studenten, gemeinsamer Nenner: der Goldrausch, der beim Bahnhof, dessen Metallgerüst, seinen Anfang nahm.

Lucien, Requiem und seine Freunde bestiegen eine Schrottkarre, Ziel: Mine der Hoffnung. Requiem, der Koks auf Koks zog, führte Selbstgespräche. Zielvorgabe Nummer 1, unsere Säcke holen. Nummer 2, alle Idioten, die sich uns in den Weg stellen, umnieten. Nummer 3, uns aus dem Staub machen. Nummer 4, nächtliche Ausschweifungen im Tram 83. Sie waren total bekifft. Requiems Männer übertrafen sich gegenseitig mit Storys, die sie vom Stapel ließen, von den wurstschenkeligen Single-Mamis, die sie bei ihren Einbrüchen vernascht hatten, über die zahlreichen Laufhäuser, die sie in guter Erinnerung behielten, bis zu den Minenwächtern, die sie kaltblütig umgelegt hatten ...

Lucien notierte in sein Heft: »Die Münder sind entzündet von vielen tausend Kannibalismus-Phantasien, die an die Zweite Republik erinnern. Was werden sie zu beißen haben, wenn auf den westindischen Frangipani Guaven und auf den Eukalyptusbäumen Regenwürmer wachsen?«

Die Mine der Hoffnung in der Nähe der Innenstadt ging als wahrer Turm zu Babel durch. Sie war der Zankapfel der verschiedenen Protagonisten, die sich bis zum letzten Tropfen Schweiß bekriegten. Die verschiedenen Ordnungsdienste lebten nicht gerade im Einklang miteinander. Sie folgten ihren Launen, den Touristen und den Interessen auf der Tagesordnung. Sie waren schwer zu steuern. Sie verrieten und bekämpften einander, gingen auf die Selbstmörder los, komplottierten für den abtrünnigen General, ließen sich von den Touristen aus Großbritannien mit Krümeln abspeisen.

Einige Minuten vom Polygon entfernt bildeten Der Drache und Mortal Combat eine Vorhut. Sie kamen bald zurück.

»Der Weg ist frei.«

Requiem lud sein Gewehr.

»Schießt auf alles, was sich bewegt!«

Die Mine der Hoffnung war die älteste und beliebteste aller Minen in Stadtland. Eine Mauer mit Stacheldrahtkrone umschloss ihre vierunddreißig mal vierzig Kilometer Grundfläche. Sie umfasste Lagerhallen, Fertigbau-Hangars, alte Lokomotiven, Eisenbahnwaggons und Schrottkarren aus der Zweiten Republik. Sie war bekannt für ihre unterirdischen Stollen, vollgestopft mit allen möglichen Erzen. In dieser Marslandschaft erhob sich im Nordwesten das berühmte Polygon mit seinen Steinhaufen und Kratern, die mit hoher Wahrscheinlichkeit Eisen, Kobalt, Zink und Zinnoxid enthielten. Die Gerüchte im Tram 83, im Bar-Restaurant Singapur und sogar im Bordell Vis-à-vis bei Tantchen, für Freunde auch Großmütterchen Nahkampf, besagten, dass es sogar in weit entfernten Gegenden, jenseits von Muanda und sogar jenseits von Beach, Brazzaville und Gibraltar, Männer gab, die die Mine der Hoffnung studierten und auswendig kannten. Aber man darf auf solche Informationen nicht zu viel geben, ausgespuckt zwischen zwei Brüsten, einer Salsa-Variante und einem Wodka, serviert von einer Aushilfskellnerin, die sich über ein Küken ärgert, das ihr einen Kunden wegschnappt, auf den sie alle Hoffnungen gesetzt hatte.

Drinnen ließ Requiem seine Männer zur Lagebeurteilung ausschwärmen. Die Dunkelheit und die beständige Angst, eine geballert zu bekommen, erschwerten das Vorhaben. Mit dem Gewehrkolben brachen sie ein paar Gebäude auf und durchkämmten sie. Nichts von Bedeutung, ein paar zurückgelassene Klamotten und Säcke voll Kuhmist. Sie setzten ihre Suche fort.

»Geringer Gehalt«, bemerkte Requiem, schon leicht verärgert.

Lucien, der nicht mehr ein noch aus wusste und zum ersten Mal eine Waffe in der Hand hielt, flehte Mortal Combat und Unbesiegbare Masern an, Requiem zum Rückzug zu bewegen. Aber der Negus bestand darauf, die Umgebung genauer zu inspizieren.

»Vielleicht haben sie meine Ware schon abtransportiert. Wir durchkämmen das Gelände, vielleicht treffen wir auf eine schwer beladene Einheit, dann werden wir ihnen beibringen, was Gehorsam ist.«

Er zündete sich eine Zigarette aus Maniokblättern an.

Sie stiegen in den zweiten Krater in der Mitte des Polygons hinab, gruben auf zairische Art zwei Säcke Kies aus, den sie in der Nähe waschen wollten, linker Stollenausgang, rannten einer Kohorte mit Macheten bewaffneter Draufgänger in die Arme. Zur Begrüßung feixendes Grinsen, verstohlene Blicke, abschätzige Mienen, letztendlich schien es ihnen zweitrangig, einander für Säcke ohne erkennbaren Inhalt die Hemden zu durchlöchern.

Schließlich gab Requiem dem Drängen von Lucien und den Freunden nach, verkündete, dass es dilettantisch sei, mit Waffen durch die Gegend zu laufen, und schlug vor, sie zu vergraben und am Abend wiederzukommen, um alles kurz und klein zu schlagen.

»Zurück zum Tram.«

Sie ließen die Nacht der Überschreitungen im Tram 83 ausklingen, unter den düster tragischen Klagen der Primadonna, der Castafiore, der Diva der Eisenbahntrassen. Das Tram 83 hatte eine Schwäche für den Negus. Er blieb sich auf ganzer Linie treu. Er wusste, was er tat und dass man das Rad nicht neu erfinden kann, dass man sich besser keine grauen Haare wachsen lässt, dass die Spielregeln klar sind und dass das Wichtigste ist, seine Chancen zu nutzen … Von dem Augenblick an, als ihm das Motto »Die Tragödie ist schon geschrieben, wir sind nur das Vorwort« durch den Kopf gegangen war, hielt ihn nichts mehr davon ab, seinem Herzen zu folgen. Selbst bei seinen teuflischen Machenschaften blieb er einfach und ehrlich.

Lucien war das komplette Gegenteil von ihm. Er nervte das ganze Tram 83 mit seinen hohlen Phrasen, kritzelte heuchlerisch auf Zetteln herum, anstatt uns die Wahrheit ins Gesicht zu sagen, und war den Mädchen gegenüber träge. Lucien war uns lästig. Er trieb es zu weit. Was nützte es, überall den Intellektuellen zu geben, wenn die Gleichung doch dieselbe blieb? Der Weg zu Wahrheit und Ehrlichkeit führt über Straßen voller Müll, Hundehaufen, Lügen, Netzentlastungen und Überschwemmungen, warum also glaubte er steif und fest, dass eine Welt möglich war? Warum diese Manie, die Menschheit auf Träumereien und Zitate zu reduzieren, die er auf seinen Zetteln zusammentrug? So etwas nennt sich Feigheit oder auch Gedächtnisverlust, vielleicht sogar eine Mischung aus beidem. Die Welt ist nicht zu retten, sagte Requiem. Aber nehmen wir einmal an ... Lassen wir einmal alle persönlichen Gefühle beiseite, vielleicht hatte er recht, dieser Lucien. Wir müssen uns fragen: Was würden wir an der Stelle dieses *poète maudit* tun? Requiems Antwort: Die Tragödie ist schon geschrieben, wir sind nur das Vorwort. Also dann, kümmern wir uns um das Vorwort ... Das Tram war rund um die Uhr geöffnet. Sie blieben bis circa zwei Uhr nachmittags, um Brüste zu befummeln, zu rauchen und zu trinken. Lucien, der es nicht mehr aushielt, verließ die Gruppe früher. Er hatte einen explosiven Cocktail gebraut: Wein + Wodka + Limonade + Whiskey aus Beach Ngobila.

»Was sagt die Uhr?«

Requiem, der selbst nicht mehr gerade stehen konnte, ließ ihn allein nach Hause gehen. Er übergab sich, schwankte ... Gegen ein wenig Geld begleitete ein Draufgänger ihn nach Hause.

Es fehlte nicht an Ideen für seinen Text. Wie aber die Zahl der Figuren halbieren, ohne den Plot kaputtzumachen? Vielleicht sollte er den Text in zwei Teile gliedern, um die historische Glaubwürdigkeit zu gewährleisten, und zwar: die verbrannten Morgen und die Trauerweiden. Tief in seinem Inneren wägte er Lenins Reaktion auf die Nachricht ab, dass Napoleon sich zusammen mit Mao Zedong nach St. Helena abgesetzt hatte. Mit letzter Kraft versuchte er in sein Heft zu schreiben, nichts zu machen ... Alles drehte sich. Seine Beine gaben nach. Er erinnerte sich an den Tag seiner Hochzeit. Wie ein Syphiliskranker wälzte er sich auf seiner Pritsche. 16 Uhr 10 ... Mehr schlecht als recht schlief er ein.

Augenblicklich eine Reihe von Albträumen. 1. Albtraum, eine mit Erzen beladene Lokomotive verlässt mit höllischem Getöse Gleis 18, auf zu unbekannten Horizonten ... 2. Albtraum, sein Großvater, der ihn auffordert, in den ersten Waggon zu springen, denn »wenn du dich an eine Stadt klammerst, die nicht zu dir passt, gehst du ein wie ein Hund ohne festen Wohnsitz«. 3. Albtraum, abtrünnige Rebellen, die in der Nähe des Tram ein paar mit Schürfern verbündete, streikende Studenten mit Steinen angreifen ... 4. Albtraum, Kindersoldaten, die die Läden von Stadtland kurz und klein schlagen ... 5. Albtraum, Soldaten, die Single-Mamis verfolgen, quietschende Reifen, Lieferwagen, Schreie, Luftschüsse ... 6. Albtraum, Selbstmörder, die die Bank des Touristen überfallen, dem die Lagerhallen gegenüber der Mine der Hoffnung gehören ... 7. Albtraum, eine Vergewaltigung, Kirchplatz ... 8. Albtraum, eine Vergewaltigung, Avenue der Fanatiker ... 9. Albtraum, eine Vergewaltigung auf Gleis 7 ... 10. Albtraum, eine Gruppenvergewaltigung, wiederholte Fellatio und Massenschlägereien, Boulevard ...

Er erwachte gegen zehn Uhr abends. Sprang auf, eine kalte Dusche ...

Kurz nach elf, er hatte gerade seine Texte gelesen, ein Anruf aus Paris, Metro Clignancourt.

»Wie steht's mit deinem Text über Lumumba? Ich arbeite mich tot, um die notwendigen Kontakte zu knüpfen.«

Lucien versuchte ihn zu beruhigen.

»Es dauert nicht mehr lange, noch das eine oder andere Komma, und ich schicke dir den Text.«

Sein Freund wollte, dass er zusätzlich noch einen Text über den neuesten Film von Abderrahmane Sissako schrieb. Lucien überlegte kurz, bevor er sagte:

»Nein, keine Zeit ...«

Er erinnerte sich, dass er den Film kurz vor seiner Abreise nach Stadtland gesehen hatte.

»Lucien, bitte.«

Lucien lehnte ab. Aber sein Freund blieb hartnäckig.

»Der Film wurde in Cannes von der internationalen Kritik hoch gelobt.«

»Ich ...«

Lucien sagte widerwillig zu.

Es fiel ihm schwer, einen Anfang zu finden. Er identifizierte sich mit der Hauptfigur, einem gewissen Abdallah, der beim Versuch, nach Europa zu gelangen, in einer kleinen Stadt landet, wo er ein Leben in Einsamkeit fristet, weil er von den Einwohnern durch die Sprache getrennt bleibt.

Er versuchte sich zu sammeln. Aber es war unmöglich. Die Verben glitten ihm aus den Händen. Die Präpositionen belauerten ihn aus der Ferne und machten sich aus dem Staub. Die Nebensätze riefen ihre Unabhängigkeit aus. Die Adjektive zogen die Augenbrauen hoch und nahmen den Weg ins Vergessen ...

Ein Anruf.

»Requiem, meine Ware ist heilig!«

Ein Gefühl von Schuld stieg in ihm auf. Er hätte Hinterland nie verlassen sollen, sagte er sich, wie dumm von mir! Er hätte bleiben können und seine missratenen Versuche in Sachen *littérature engagée* aufgeben oder sich schmieren lassen sollen, schließlich fehlt es potenziellen Saisonschreibern nicht an Gelegenheiten: Jedem politischen Regime lieferst du die passende Literatur. Du schreibst ein episches Gedicht über die Frisur der Frau des Präsidenten, und man schenkt dir ein Haus; einen Monolog, der den Traum des Ministers für Wahrsagen, Hellsehen und Prophezeien aufgreift, und man bezahlt dir eine Reise nach Venedig; einen Roman über die Kindheit des Präsidenten, und man ernennt dich zum Minister für Agrarwirtschaft und Rinderzucht. Zu spät! Er sammelte nach dem Zufallsprinzip Satzstücke zusammen, tat einen Wurf, den er eiligst verschicken wollte. Sein Computer boykottierte die Umwandlung des Dokuments in ein PDF. Er intensivierte seine Bemühungen. Jammerschade, Netzentlastung! Er hatte vergessen, dass Donnerstag war, dass der Strom bei einem kleinen Abbauunternehmen von nebenan gebraucht wurde, dass das allgemein bekannt war und dass keinerlei Forderungen erhoben werden durften, weil diese ohnehin im gesamten Stadtgebiet verboten waren. Ihm kam eine Idee: Sollte er eine Kerze anzünden und einen neuen Text beginnen? Ja. Wo anfangen? Er schnörkelte eine Folge von Arabesken aufs Papier und versuchte sie sich laut vorzulesen. Um zwölf Uhr tauchte der Negus mit drei Küken von knapp zwölf Jahren auf.

»Such dir eine aus, wenn du willst, bediene dich.«

Lucien stand auf.

»Und du, wie heißt du?« (Eine der drei, vielversprechende Brüste.)

Lucien nahm seine Jacke.

»Gib mir fünfhundert Franc.«

Lucien verließ die Wohnung, rasend vor Wut.

19. Die Religion des Steins: Wir sprechen nicht über das Wetter, wir sind das Wetter. Um nicht zu sagen, wir erfinden unser eigenes Sonnensystem. Die Sonne geht am Nordbahnhof auf und im Tram zwischen zwei Pampelmusentitten wieder unter. Wir sind die Prinzen des Wolkenreichs der Gerissenheit, die Söhne der Erde und der Eisenbahn. Das hier ist die Neue Welt. Wenn du nicht fickst, wirst du gefickt. Wenn du nicht frisst, wirst du gefressen. Wenn du nicht vernichtest, wirst du vernichtet. Das hier ist die Neue Welt. Hier gilt: Jeder für sich, Scheiße für alle. Das hier ist der Dschungel.

Seit fast zwei Wochen kein fließendes Wasser, aus patriotischen Gründen, entschuldigte sich der abtrünnige General: »Wie ihr sicher wisst, ist es schwierig, alle Probleme gleichzeitig zu lösen, die Minen werfen weniger ab als früher, und wenn ihr kein Wasser und keinen Strom habt, beweist das nur, wie übel die Schurken aus Hinterland uns mitspielen, und deshalb müssen wir zu den Waffen greifen, es ist unsere Pflicht, dieses Problem ein für alle Mal zu lösen, habt Geduld, bald geht es wieder bergauf, und zum Schluss noch eine gute Nachricht, ich werde die Mine 15 wieder in Betrieb nehmen, dann können die Studenten nachts arbeiten und sich etwas dazuverdienen, immerzu fordern sie Beihilfen vom Staat, sehr zulasten der Patrioten, die zu allem bereit sind ...«

Widerwillig gesellte sich Lucien zu den anderen. Requiem hatte darauf bestanden, dass er sich ihrer Gruppe anschloss. Je mehr wir sind, desto besser können wir uns gegen Angriffe wehren. Je mehr wir sind, desto eher greifen wir selber an. Je mehr wir sind, desto mehr können wir tragen. Im Gegensatz zu anderen Minen, in denen entweder Diamanten oder Kobalt oder Kupfer oder Bronze gefördert wurden, lieferte die Mine der Hoffnung alle genannten Rohstoffe. Dieses Areal war so unfassbar reich an Bodenschätzen, dass die Legende aufkam, und sie traf zu, dass die Bewohner von Stadtland überall gruben, in ihren Gärten, ihren Häusern, ihren Wohnzimmern, ihren Toiletten, ihren Schlafzimmern und sogar auf dem Friedhof. Dort nämlich, auf dem Friedhof, verwandelten sich die Beerdigungen manchmal in ein wahres Fest, wenn durch Zufall wieder ein Stein von beachtlichem Gehalt zutage gefördert wurde. Sogar im Bahnhof, dessen Metallgerüst an das Jahr 1885 erinnerte, wurde gegraben, vor allem nachts, nicht selten unter Beteiligung des Bürgermeisters, der zudem noch sein Büro umgrub und damit beschäftigt war, die öffentlichen Gebäude von oben bis unten zu durchwühlen. Einmal, so erzählte man sich, wurden an einem einzigen Tag Dutzende Säcke mit Heterogenit aus Baracken und anderen Notquartieren herausgeschafft. Mit ihren zerfressenen, zersetzten Fundamenten drohten die Häuser schon beim kleinsten Regenschauer einzustürzen ... Würdet ihr es hinnehmen, vor Hunger zu sterben, wenn unter euren Füßen seelenruhig Silber, Kupfer, Barium, Zinn und Kohle vor sich hin schlummern? Das Gebiet zwischen der Mine der Hoffnung und dem östlichen Rand des Vampir-Viertels erinnerte an eine archäologische Ausgrabungsstätte. Selbst die Ziegen und Schubkarren stanken nach Kobalt-Mine. Jedenfalls verlor das allseits begehrte Stadtland seine nördlichen Vororte und wurde dafür von Spekulanten, Touristen aller Nationalitäten, Cousins und Nichten des abtrünnigen Generals und den Auferstandenen der Zweiten Republik mit leeren Versprechungen abgespeist.

Die Schürfer wuschen und siebten ihre Säcke voll Kies der Einfachheit halber ein paar Schuppen weiter, am Ufer eines kleinen Flusses, und nahmen nur die Diamanten oder den Diamantenstaub mit. Die Unternehmungslustigsten, Verwegensten und Geschäftstüchtigsten unter ihnen ließen sich von den Wegelagerern nicht davon abhalten, Stadtland mit den Säcken über der Schulter zu durchqueren oder Knirpse und andere Draufgänger anzuheuern und die Comptoirs der Touristen aufzusuchen. Leute wie Requiem, die das System genau kannten, dienten als mobile Ankäufer und brachten die Produkte überall und jederzeit in Umlauf.

Nur Mortal Combat redete mit Lucien. Die anderen zogen nur über ihn her.

»Möchtegern-Intellektueller.«

In der Familie von Mortal Combat wurde die Vorliebe für Minen und Eisenbahntrassen von Generation zu Generation weitergegeben. Schon sein Urgroßvater war am Bau der ersten Eisenbahnlinie beteiligt gewesen und hatte außerdem in der Mine gearbeitet. Sein Großvater, seines Zeichens Lokführer, verbrachte seinen Feierabend im Steinbruch, wie fast alle seine Zeitgenossen. Das war damals fast schon eine Religion, im Namen des Vaters, des Sohnes, des Heiligen Geistes, der Minen, der Eisenbahnen, der Küken, der Single-Mamis, des Tram 83, der Salsa, der Rumba, des Blues, des Negrospirituals und, für die gewinnorientierten Touristen, des Jazz. Sein Vater war ebenfalls Lokführer und Grubenarbeiter in Teilzeit. Seine Schwester unterhielt eine Zwei-Sterne-Absteige mit ein paar Küken in der Nähe der ehemaligen Steinkohlemine. Seine sechste Ehefrau verkaufte die Ware. Sein jüngster Bruder, der an der Akademie der bildenden Künste von Straßburg studierte, war eine Schande für sein Land, wie man hörte. Er brachte seine Kommilitonen und Professoren zur Verzweiflung: Der Arme zeichnete nichts als Gleise, Lokomotiven, Grubenarbeiter mit ihren Spitzhacken und eingefleischte Küken bei ihren nächtlichen Tänzen. Seine anderen Brüder übten verschiedene Berufe im Bereich Minen und Eisenbahn aus, zum Beispiel Schweißer, Heizer, fliegender Händler auf Gleis 15.

Requiem flirtete mit der Großmutter von Mortal Combat, die als hauptberufliche *Fetichiseuse* arbeitete. Sie verhalf den Einwohnern von Stadtland zu spektakulären Funden, wenn sie im Gegenzug mit ihr in der Missionarsstellung verkehrten. Man darf wohl behaupten, dass das ganze Tram, die gewinnorientierten Touristen miteingeschlossen, den Missionar mit ihr gemacht hatte. Ihr Name fehlte in keinem Gespräch über schwarze Magie. Sie war der Dreh- und Angelpunkt zwischen der sichtbaren und der unsichtbaren Welt. Die Touristen standen bei ihr Schlange. Die Russen, die Engländer, die Italiener, die Kanadier, die Ex-Zairer, die Japaner, die Ukrainer, die Vietnamesen und so weiter. Sie ermöglichte es ihnen, mit den Toten in Kontakt zu treten oder den Stein ihres Lebens zu finden. So standen sie von morgens bis abends einer hinter dem anderen, drängelten, rempelten einander an, schubsten und beschimpften einander und warteten ungeduldig, bis sie an die Reihe kamen. Mithilfe der dicken Gläser, die sie ihnen vor die Visage schob, hielten sie ein Schwätzchen mit ihren Großeltern, Urgroßeltern oder sogar ihren Ururahnen, die während der allerersten Expeditionen ums Leben gekommen waren. Sie sagte die Zukunft voraus, heilte Liebeskummer, informierte über mögliche Rohstoffvorkommen, sah globale Großereignisse vorher, unter anderem Obamas Sieg bei den Präsidentschaftswahlen in den USA, die Pfingst-Verschwörung, den Fall der Berliner Mauer, den Zerfall der Sowjetunion, die Verfolgungsjagden auf somalische Piraten durch die internationale

Marine, den Wechsel von Ribéry zu Bayern München, die Kopfnuss von Zidane, den Tod von Jonas Savimbi ...

Sie erreichten ihr Ziel um 0 Uhr 35. Die Aufklärer stießen vor und kamen unverzüglich zurück. In der Zwischenzeit kramte er sein Heft hervor und kritzelte: »Was fangen sie mit ihren Zähnen an, wenn es nichts mehr zu grasen gibt? Der Mensch denkt, Gott lenkt. Was werden sie tun, wenn die Chinesische Dattel nur noch Heckenscheren hervorbringt? Essen sie dann etwa Heckenscheren?«

Währenddessen gab Requiem eins seiner zahlreichen Abenteuer mit einem präpubertären Mädchen zum Besten. Sie drangen schrittweise in die Anlage vor. Ein Geruch von verbrannter Erde. Dem Radio zufolge, vielleicht war es die Stimme des Tram, hatten die Draufgänger verkündet, dass sie jeden, der sich in die Anlage wagte, bei lebendigem Leib verbrennen würden, da eine ihrer Freundinnen auf frischer Tat bei einer Fellatio mit einer Horde Schürfer-Studenten ertappt worden war ... Das Problem war, dass sie in der ganzen Stadt wegen ihrer Niedertracht verhasst waren, und das wussten sie auch.

In seinem Rausch schwang Requiem Reden. Er hatte sogar vergessen, wo er die Waffen versteckt hatte. Seine acht Weggefährten, die acht Seligpreisungen, flehten den Negus an, den Mund zu halten. Er redete mal wieder über den *Clan der Sizilianer* von Henri Verneuil, seinen absoluten Kultfilm. Sie fanden die Stelle wieder, gruben die Instrumente aus ... 0 Uhr 52 ... Sie drangen in die Grube vor. Requiem riss sich die Kleider vom Leib, urinierte, umkreiste sie sechsmal und murmelte dabei Beschwörungsformeln.

Es heißt, dass die Grubenarbeiter, sobald sie unter der Erde sind, aus verschiedenen Gründen Beschwörungsgesänge anstimmen: 1. Um für den Fall eventueller Einstürze die Götter auf sich aufmerksam zu machen. 2. Um die Geister von jenen zu verjagen, die verschüttet worden sind und nun dort ihr Unwesen treiben. Mortal Combat teilte die Meinung, dass die Toten neue Steine erzeugten. »Es braucht Männer, die ihr Blut vergießen, damit wir von den nachwachsenden Steinen leben können ...« 3. Um die Kraft zu finden, alles kurz und klein zu schlagen. 4. Um die Götter um eine reiche Ernte anzuflehen.

Nach Beendigung des Rituals setzte das Jammern der Spitzhacken und Spaten ein. Zuvor hatten sie Gras geraucht. Das war in Stadtland bei langwierigen Arbeiten so üblich. Mortal Combat, der aus dem Maul stank wie die Toiletten im Tram, legte sofort los.

»Geh Schmiere stehen«, trug Requiem Lucien auf und fuhr fort, die Handlung von Jean Gabins erstem Film nachzuerzählen. Der Fels zersplitterte unter ihren Schlägen. Dysenterie und Los Caballeros, auf den Spuren ihrer Vorfahren aus Kuba angereist, trugen die Ware zu Haufen zusammen. Von seinem Aussichtspunkt hielt Requiem, wie ein Hauptmann auf dem Schlachtfeld, mal sitzend, mal stehend, eine Ansprache an seine Truppe, lachte, schwatzte ... Dafür war er bekannt. Aus diesem Grund hatten sie ihm den Spitznamen Kolonialherr verpasst, er ließ dich arbeiten bis zum Umfallen. »Los, drauf, immer aufs Tor, nicht nachlassen, weiter!« Lucien lief hin und her, er riet zum Aufbruch. Geräusche, sagte er.

»Was glaubst du, wozu wir Waffen haben?«, erwiderte der Negus. »Die sollen ruhig kommen, diese Pithekanthropi, dann zeigen wir ihnen, dass man hier nicht auf den fahrenden Zug springt! Regel Nummer 20: Dieses Gesocks ist dazu da, die Fehlpässe zu parieren. Die sollen sich ruhig blicken lassen!«

Sie hatten nur eine Lampe dabei, wahre Maulwürfe. Ganz intuitiv schlugen sie zu, griffen an und machten Jagd auf den Stein. Requiem, der gutes Fingerspitzengefühl bewies, prüfte den Stoff und gab Instruktionen.

»Links, rechts, geringer Gehalt, dranbleiben, Männer!«

Und um die Stimmung aufzulockern, erzählte er von seinen ersten Tagen in Stadtland. Er stammte aus dem anderen Teil, aus dem untergegangenen Land, und war nach Stadtland gekommen, um seinen Liebeskummer zu vergessen.

Als der abtrünnige General und seine Brüder begannen, das Land anzugreifen oder das, was einmal das Land gewesen war, gab er sein Studium auf, um in den Militärdienst einzutreten. Dank seiner ethnischen Zugehörigkeit bekam er einen Posten. Er hatte nichts zu verlieren, da die Armee Studenten rekrutierte, die ihre Ausbildung ohnehin wer weiß wo hätten fortsetzen müssen. Nach gründlicher Überlegung und ohne Lucien, seinem besten Freund, oder Jacqueline, seiner Frau, etwas davon zu sagen, ließ er sich bei der Armee verpflichten. Er begnügte sich damit, zwölf Monate nach seiner Abreise eine Postkarte zu schicken. Er kehrte im Rang eines Oberstleutnants aus Israel und Angola zurück.

Er wollte keinen Besuch. Lucien versuchte sogar, ihn in der Kommandozentrale abzupassen, um ihm zu sagen, dass Jacqueline, seine Frau, eine schwere Zeit durchmachte, kein Geld für die Miete, nichts zu essen für den Sohn, seinen sterbenden Sohn. Requiem gab Anweisungen, Lucien auspeitschen und einsperren zu lassen. Das würde ihm eine Lehre sein, seine Nase in anderer Leute Angelegenheiten zu stecken, hatte er gesagt.

In der Zwischenzeit hatten die abtrünnigen Rebellen zwei kleine Städte angegriffen und eingenommen. Requiem wurde daher als Leutnant an eine der zahlreichen Fronten geschickt. Laut Bordsteinfunk vergewaltigte, plünderte und mordete Requiem fortan mit seinen Waffenbrüdern, inklusive der zu trauriger Berühmtheit gelangten Kindersoldaten ... Es hieß, ein ranghoher Offizier hätte sich des Verrats schuldig gemacht.

Verrat bedeutet, Informationen an den Feind weiterzugeben, die Rationen und den Sold der Männer zu veruntreuen und Soldaten durch das ständige Wechseln des Lagers zu verheizen.

Die ersten Gerüchte von seinem Tod kamen eines Morgens im Oktober auf. Jaby, der mit Verbrennungen zweiten Grades aus diesem Krieg heimgekehrt war, versicherte sogar, der sterbende Negus habe gesagt, dass Lucien sich um Jacqueline kümmern solle. Doch besagter Jaby stellte später seine Äußerungen richtig. Requiem habe gesagt: »Lucien hat mich von hinten erdolcht.« Mehrere Monate später kam das Gerücht auf, dass der Negus noch am Leben sei. Jaby entschuldigte sich und behauptete, er habe ihn lediglich verwechselt, erklärte, »wenn dir da alles um die Ohren fliegt, ist alles weg, dein Zeitgefühl, sogar du selbst, alle sehen aus wie ein und dieselbe Person, man macht sich in die Hose, man ist wie blind, man kommt sich vor wie siamesische Zwillinge, die gemeinsam auf den Tod warten, und wenn jemand ins Gras beißt, dann kann man den schon mal verwechseln!«

In der Zwischenzeit war Jacqueline bei Lucien eingezogen.

Eines Morgens erschien ein Mann, mager, ziemlich mager, dem jeder Schritt schwerfiel. Er sah aus wie ein Schiffbrüchiger. Die größten Angsthasen versteckten sich hinter der Theke.

»Ein Wiedergänger!«, schrie jemand.

Die Menge lief zu ihm, bot ihm Alkohol an. Er lehnte ab.

»Was starrt ihr mich so an? Verschwindet!«

Bei diesen ersten Worten wussten die Leute, dass eine neue Zeit angebrochen war. Er sei nicht tot, wiederholte er wieder und wieder. Er sei einfach nur krank gewesen, ein Herzleiden. Stoßatmung, Übelkeit, Brechreiz …

Nach seinen Angaben beliefen sich die Kosten für seine Heilung auf geschätzte zehntausend Dollar, einschließlich der Operationen und Klinikaufenthalte, ganz zu schweigen von einer Transplantation, die die Armee ein Vermögen gekostet hätte und die im Übrigen nicht vor Ort hätte durchgeführt werden können. Die Militärärzte rieten ihm, zu seiner Familie zurückzukehren. »Wir können dich hier nicht gesundpflegen.«

Er weigerte sich hartnäckig.

»Ich habe alles verloren. Ich kann nicht zurück! Wohin sollte ich gehen? Die Armee ist alles, was ich noch habe.«

Er wehrte sich, doch man zwang ihn, auf einen Bananenzug zu steigen.

Ziel: »Deine Heimatstadt!« Beim ersten Halt stieg er aus, ein Fünftausend-Seelen-Dorf ...

Dort kam er bei einer Frau unter, die doppelt so alt war wie er. Und begann seine Irrfahrt, von Dorf zu Dorf, um sich behandeln zu lassen. Die Gerüchte über diese Zeit besagen, die Hoffnung auf Heilung habe ihn in gut zwanzig Dörfer getrieben. Es kam nicht in Frage, mit dieser angeschlagenen Gesundheit nach Hause zurückzukehren. Er wusste ganz genau, was ihn dort erwartete: das Eheleben von Lucien und Jacqueline.

Nach vier Jahren Schmugglerleben kehrte er in den Schoß der Familie zurück. Seine Rückkehr fiel mit der Abspaltung von Stadtland zusammen, die von den Touristen und anderen Schürfern, die selbst in Zeiten des Krieges weitergruben, sehr begrüßt wurde. In den von den Rebellen besetzten Gebieten brach ein Rausch aus. Der Stein war das Einzige, was zählte. Alle Jungs, die alt genug waren, einen Müllsack zu tragen, sprangen auf den erstbesten Zug. Die Mädchen, die alt genug waren, mit ihren Körpern Geschäfte zu machen, folgten ihnen. Aus gutem Grund, denn Hinterland hat das Pech, keinerlei Bodenschätze zu besitzen. Nachdem Requiem vergeblich versucht hatte, Jacqueline zurückzuerobern, beschloss er, ebenfalls nach Stadtland zu gehen.

Sie füllten insgesamt siebzehn Säcke. Gegen fünf Uhr morgens befahl Requiem zusammenzupacken. Alle hievten sich unter Einsatz all ihrer Kraft je zwei Säcke auf den Kopf, alle bis auf Lucien ... Mortal Combat half ihm, seine schwere Last zu tragen. Fünf Uhr, die Zeit lief ...

Sie mussten sich sputen, um heil aus der Sache herauszukommen. Der Negus brüllte mit seiner Kalaschnikow um den Hals von vorne: »Der Erste, der es wagt, die Ware abzusetzen, bekommt von mir eine Kugel verpasst.«

Lucien war am Ende. Er heulte fast. Requiems Freunde feixten.

»Wo ist mein Notizheft?«

Er bemerkte, dass sein Heft in der Nähe des alten Waggons liegengeblieben war, bei dem er Wache geschoben hatte. Er wollte umkehren, doch Requiem hielt ihn zurück.

»Hilf uns zuerst, die Ware in Sicherheit zu bringen.«

Sie passierten das Tor. Lucien setzte seine Säcke ab und kehrte um. Requiem rief ihm nach: »Du bekommst fünf Prozent pro Sack, das wird dich lehren, anderen die Frauen auszuspannen.«

»Kauf mir ein Kleid.«

»Gib mir deine Hose.«

»Was sagt die Uhr?«

In der Ferne das erste Morgenlicht, Musik, Fatwas, Angelusläuten, das Lachen von postpubertären Küken, Muttermädchen mit havarierten Titten, das Tram und ihre Aushilfskellnerinnen und Kellnerinnen, der Streik und seine Studenten, die Draufgänger und ihre Hunde, die abtrünnigen Rebellen und ihre Vergewaltigungsphantasien, der Bürgermeister, der gerade fünfzehn Säcke Heterogenit wegschaffte, der Verleger mit einer Post-Küken-Single-Mami, das Quietschen der Züge auf den Gleisen, die tragischen Klagen der Diva der Eisenbahntrassen, der Nebel, die Tristesse eines vorbestimmten Lebens ...

20. Die Festnahme oder das Buch der Offenbarung, Korinther, Epheser, Mose, Galater, Thessalonicher und Kolosser 2,21–23 ...

Wie ein gejagter Hase rannte Lucien durch die Anlage der Mine der Hoffnung. Er wusste, was ihm im Falle einer Festnahme drohte. Hinter sich hörte er eine Art Knirschen, aber immer wenn er sich umdrehte, niemand. Er stolperte, ging in Deckung, kam wieder zu Atem. Er musste an all die Geschichten von Typen denken, die man im Polygon 64 der Mine der Hoffnung erwischt und verprügelt hatte. In seinen zehnstündigen Reden, von denen achteinhalb Stunden den Erzen und Lokomotiven gewidmet waren, erinnerte der abtrünnige General stets daran, dass dort niemand etwas zu suchen hatte, der keine von ihm unterzeichnete Genehmigung besaß. Der Negus konterte, Regel Nummer 5, dass die Minen und die Gleise uns gehörten und die anderen sie sich nur angeeignet hätten, um dann in ihrer Selbstherrlichkeit zu glauben, dass das Leben erst mit ihnen begonnen hätte.

Lucien dachte an den Inhalt seines Hefts, an Jacqueline und Emilienne. Ob er Emilienne wohl jemals kennengelernt hätte, wenn der Negus nicht darauf bestanden hätte, dass er an jenem Abend die Mädchen mit nach Hause nahm? Er liebte sie wie eine Schwester, aber das glaubte ihm niemand. Es gibt keine Freundschaft zwischen Mann und Frau. Er empfand Achtung für sie, weil sie das einzige Lebewesen im Tram war, das nicht mit allen Mitteln versuchte, einem Mann das Geld aus der Tasche zu ziehen. Emilienne klammerte sich an ihn und hoffte, er würde nachgeben. Aber das Letzte, was Lucien brauchte, war eine Affäre mit Emilienne. Die Ehe mit Jacqueline bedeutete ihm noch viel. Er sagte ihr, dass er offiziell verheiratet sei und sich keinen Seitensprung erlauben könne. In Wahrheit war er unfähig, einen Schlussstrich zu ziehen. Alle Leute, die in Stadtland stranden, ob Touristen, Küken oder Schürfer, müssen zunächst mit ihrem vorherigen Leben abschließen. Das ganze Tram sagte, dass es ihm, der so viel arbeitete und für sich blieb, nur guttun könne, wenn er mit ihr von den verbotenen Früchten aß. Er bezeichnete alle, die ihm vorhielten, nicht mit den Küken des Tram 83 zu flirten, als Perverslinge. Entschuldigt bitte, aber was ist pervers daran, im Tram eine aufzulesen und mit ihr die Nacht im Warmen zu verbringen, auch angesichts der fleischlichen und materiellen Vorteile? Was bitte ist pervers daran, ein Küken an den Rand der Ekstase zu bringen? Was ist pervers daran, einer Single-Mami im Gegenzug aus der finanziellen Agonie zu helfen? Er behauptete steif und fest, dass er sie noch nie angefasst und ihr im Schlafzimmer die ganze Nacht lang Fragen über Stadtland gestellt hätte.

So rannte er noch eine ganze Weile, stieg über die Starkstromkabel, die auf Kniehöhe gespannt waren, durchquerte die Lagerhallen, stieß in die Grube vor. Nichts, bis auf den Mundgeruch von Mortal Combat. Er hastete aus dem Stollen ins Freie. Ein paar Meter von der Lokomotive entfernt, bei der er Wache geschoben hatte. Er suchte das Heft, fand es und wollte umkehren. Krampfhaft sagte er sich die Gebete auf, die er in seinen jungen Jahren gelernt hatte. Buch der Offenbarung 12,3 ... Buch der Korinther und des Propheten Maleachi ... Psalm 40 ... 1. Mose 8,3–9 ... Psalm 17 ... Der Herr ist mein Licht und mein Heil: Vor wem sollte ich mich fürchten? Der Herr ist die Kraft meines Lebens: Vor wem sollte mir bangen?

Psalm 27, Vers 1 ...

5 Uhr 52 ...

Er hörte eine Art Bellen. Er kannte keinen anderen Weg. Er rannte Richtung Tor. Vor ihm, direkt vor dem Ausgang, standen Draufgänger, in lässiger Pose, kichernd, mit ihren Hunden, Zigaretten, Ketten, Kordeln, Stöcken ...

Während sie ihre großen Hunde spazieren führten, wurden in ganz Stadtland Katzen, Hunde und Ratten (gegrillt mit Kartoffeln und Peperoni und einem schönen kalten Bier) gejagt wie Diamanten und Chlor. Was Touristen vor die Frage stellte: Warum schleppen die Bedürftigen, Obdachlosen, Vagabunden und der ganze Rest, der reif für die Klapse ist, große Hunde mit sich herum? Für Soziologen, Anthropologen und all die anderen Veterinärmediziner gibt es da noch viel zu tun.

Würden sie eine Erklärung für solche Extravaganzen finden? Die ganze Vorstadt fahndete verzweifelt nach Hunden, um sie in den Ofen zu schieben, während andere den Viechern trotz Hunger mit Zuneigung begegneten. Das wäre doch mal eine Forschungsfrage für Studenten der Sozialwissenschaften, sagte der Negus immer, zum Beispiel: »Gute Nachbarschaftsbeziehungen oder Poetik einer urbanen Migration. Straßenmenschen und streunende Hunde: Versuch einer soziokritischen Analyse.«

Selbst der älteste Sohn des abtrünnigen Generals referierte mit der Betroffenheit eines Jazzmusikers über das, was er die »verschwendete und ins Klo der Menschheit geworfene Zärtlichkeit« nannte. Er erläuterte uns, dass in Europa viele Menschen kleine Hunde besäßen, die sie mit Zärtlichkeit überhäuften, während es ihm auf seinen Reisen an ebendieser Zärtlichkeit fehlte und er allein dastand, wie die einsame Lokomotive auf Gleis 76. Er sagte, dass er mit seinem amputierten Bein manchmal davon träumte, ein Hund in Europa zu sein, vielleicht ein Drahthaar-Foxterrier oder ein West Highland

White Terrier, um in den Genuss all dieser Zärtlichkeit zu kommen. Oder in seinen eigenen Worten: »Das müsst ihr euch mal vorstellen, mitten in Paris, Boutiquen für Hundebekleidung, Boutiquen für Hundefutter, Spielhallen für Hunde, Krankenhäuser für Hunde, Casinos für Hunde, Kraftstudios für Hunde, und sogar Hunde, die in Urlaub fahren, Ski, Schwimmen, Drachensteigen ...« Mit noch größerer Betroffenheit erzählte er von einer Frau, die ganze drei Mal versucht hatte, sich das Leben zu nehmen, weil ihr Pudel immer wieder ausgerissen war. Er sagte, es sei doch ein beachtlicher Vorteil, ein Hund von kleinem Wuchs zu sein, »Ihr müsst nie draußen schlafen, Frauen und Kinder lieben euch, überhäufen euch mit tausend Geschenken, sie lassen euch in ihre Schlafzimmer, kein Hundekorb, das könnt ihr mir glauben«. Alle seine Gespräche kreisten um die europäischen Hunde, die euch die menschliche Zärtlichkeit streitig machen.

In Paris angekommen, sagte er, wohnte er bei einer Freundin, Rue du Château, von vorne bis hinten voll von Bibliotheken und Supermärkten für Hunde. Eines Nachmittags an Weihnachten waren sie auf den Champs-Élysées unterwegs. Stellt euch seinen Schmerz vor: Männer, Frauen und Kinder in Begleitung ihrer Hunde. »Ich kann diesem Trauerspiel nicht länger zusehen, ich brauche ein wenig Aufmerksamkeit und Liebe, und ihr, ihr verschwendet sie einfach!« Die Freundin bemerkte seine Verzweiflung und verlor sich in Rechtfertigungen. »Es ist nicht leicht, dir das begreiflich zu machen. Wir fühlen uns den Haustieren verbunden, sie bringen eine gewisse Ordnung in die Genauigkeit des Komforts unseres Alltags, da wir uns freiwillig ihren Launen beugen und somit auf die Widersprüchlichkeit unserer ursprünglichen Identität reagieren.«

Lucien blieb stehen, wollte umkehren ...

»Guten Abend ...«

Die Hunde kicherten. Sie kamen auf ihn zu.

Es waren ungefähr zwanzig.

»Was wollt ihr von mir?«

Lucien zitterte vor Angst.

»Wo kommst du her?«

Einer von ihnen, sicher der Chef.

»Bitte, ich ...«

Die Hunde kicherten.

»Ich habe meine Freunde begleitet und dann ...«

Es wurde schon fast hell.

Sechs Uhr morgens ...

»Wenn du willst, dass wir dich am Leben lassen, sag uns, wo ihr die Ware versteckt habt.«

Zwei Hunde liefen auf ihn zu, schnüffelten an seiner Hose.

Sie kamen näher, zogen ihre Dolche, Messer, Bajonette, Steinschleudern, Schraubenzieher.

Er machte sich in die Hose.

Apostelgeschichte, Kapitel 5 ...

Prediger 1,1 bis 9 ...

Sie schwangen drohend ihre Waffen.

»Sie sind mit der Ware abgehauen.«

Er dachte an seinen Freund, Porte de Clignancourt, der alles dafür tat, dass er in Europa und Brasilien aufgeführt werden würde.

»Was gibt's da zu lachen?«

Lucien wusste, dass es vier Sorten von Draufgängern gab: 1) Die Sorte, die auf dem Markt lebt, weniger schädlich, Bettler oder Taschendiebe. 2) Die Sorte, die im Bahnhof campiert und in den Lokomotiven schläft, halb schädlich. 3) Die Sorte, die im Tram herumlungert, schädlich. 4) Und schließlich die Sorte, die in den Minen operiert, extrem schädlich.

Es handelt sich entweder um aus dem Kriegsdienst entlassene Soldaten oder Jugendliche aus strauchelnden Familien, die vor der Hungersnot und anderen Zumutungen fliehen, wie etwa »Heute bist du an der Reihe, die Familie zu ernähren, beweg deinen Arsch und bring uns Palmöl, Dörrfisch, Maniokmehl und Streichhölzer!«, oder auch suspendierte Studenten.

Ihr Alter, laut den Jahreszeiten und dem Takt der Züge im Bahnhof, dessen Metallgerüst: zwischen acht und dreißig. Mit einunddreißig Jahren werden sie zu Selbstmördern oder Prachtstraßen-Gangstern, die euch die Kehle durchschneiden, sobald es dunkel wird.

»Was hast du hier zu suchen?«
»Ich wollte nur mein Heft holen.«
»Schau mal einer an ...«
»Bitte, Erbarmen ...«
»Zieh deine Schuhe aus!«
Er zog seine Schuhe aus.
»Gib deinen Gürtel her!«
Er gab ihnen seinen Gürtel.
»Zeig deinen Schwanz.«
Er zeigte sein Ding.
»Nicht schlecht ...«
Die Hunde ...
»Erbarmen ...«
»Du siehst aus wie ein Intellektueller.«
Die Hunde kicherten.
»Bitte ...«
»Sag *Herrn Seguins Ziege* auf.«
Er sagte die erste Hälfte von *Herrn Seguins Ziege* auf. Sie brachen in schallendes Gelächter aus.
»Onkel Seguin, alter Seguin ...«
Sie lachten schallend.

Die Hunde ...
»Nimm das.«
Er nahm's.
»Komm mit.«
Epheser 10 ...
Die Hunde kicherten ...

Sie rissen die ersten Seiten aus dem Heft. Sie legten ein paar Hanfblätter darauf. Sie bauten lange Zigarren. Sie rauchten einer nach dem anderen.

Sie berieten, was sie mit diesem intellektuellen Laufburschen von Grubenarbeiterchen mit fauligen Achseln anfangen sollten.

»Einmal mit der Hacke auf den Kopf ...«
»Er ist schon so gut wie tot ...«
»Der Dreckskerl ...«
Die Hunde kicherten ...
Lukas 2,17 ...
Sie gingen durch das große Tor. Die Hunde kicherten ...
Epheser 10 ...
Es war fast hell, ein Streifen Sonne am Horizont. Die Hunde kicherten ...

Sie nahmen die Nationalstraße 2.
Die Hunde kicherten ...
Die Hunde kicherten ...
Die Hunde kicherten ...

Ein paar Passanten blieben stehen, gingen schnell weiter, aus Angst vor Repressalien.

»Ein Wort, und sie verpassen dir ein neues Gesicht ...«
Die Hunde kicherten ...
Sie misshandelten alle, die ihnen in die Quere kamen, auf brutalste Weise.
8 Uhr 37.

Die Hunde …
Offenbarung 30 …
Die Hunde …
Er machte sich wieder in die Hose.
Offenbarung 15 …
Die Hunde kicherten …

21. Das Wiener Konservatorium.

Sie zogen mit Lucien durch alle Straßen von Stadtland. Die Hunde kicherten ...

»Bitte ...«

»Sollen wir ihn den Schrecklichen ausliefern?«

Sie entschieden, ihn beim nächstgelegenen Polizeirevier abzugeben.

Die Polizisten in Zivil begrüßten diesen patriotischen Akt mit Jubel.

Der Kommissar, während er Bananen schälte, die er mit großen Bissen verschlang: »Wir sind hier, um für Recht und Ordnung zu sorgen. Dieser Verräter verdient Prügel!«

Die Hunde ...

»Die Zigaretten, Herr Kommissar ...«

Er gab ihnen ein Päckchen.

»Weiter so, meine kleinen Brüder!«

»Bitte, könnte ich mein Heft ...«

Der große Manitu zögerte, nahm das Notizheft, riss ein paar Seiten heraus und stopfte sie in seine Schnürstiefel.

»Hier, fang, Verräter!«

Die Hunde kicherten ...

Sie blieben auf dem Revier und teilten die Kippen unter sich auf. Der Kommissar schleifte den armen Lucien am Kragen in sein Büro. Auf den Fluren ein paar Polizisten, die mit freiem Oberkörper Gewehre und Bajonette polierten.

»Setz dich da hin!«

Lucien setzte sich. Ein Büro in erbärmlichem Zustand. Ein paar Plastikstühle.

Ein Kassettenrekorder thronte auf einem Beistelltisch. Hinter dem Kommissar ein riesiges, altes Plakat der Beatles in Schwarzweiß. In einer Ecke ein Müllsack voller Papiere.

Die Wände von den Jahren vergilbt. Ebenso die Decke und der Boden. Keine Fenster, nur ein Standventilator.

»Welcher Tag ist heute?«

»Montag, Herr Kommissar.«

Der Kommissar wischte sich mit dem linken Unterarm übers Gesicht.

»Du scheinst nett zu sein, schade, dass es dich trifft. Jeden Montag überstellen wir unsere Mieter in die Strafvollzugsanstalt.«

»Sie bringen mich ins Zentralgefängnis?«

»Jawohl!«

Der Kommissar kramte in seinen Akten, zog ein paar Formulare hervor.

»Ihre Personalien bitte.«

»Bitte, Herr Kommissar …«

»Wir haben nicht viel Zeit.«

Er gab seine Personalien an.

»Deine Familie wird es nicht leicht haben, dich hier rauszuholen. Seit den letzten Ausbrüchen behalten wir euch im Auge. Die Schlösser wurden verstärkt.«

Lucien zitterte vor Angst.

»Kann ich mal dieses Heft sehen?«

Lucien gehorchte.

Der Kommissar blätterte ein wenig herum, wirkte erstaunt.

»Stammen die Flugblätter von Ihnen?«

Die Einwohner von Stadtland lebten im Rhythmus der Flugblätter, die die Studenten verteilten, um ihrer Empörung Ausdruck zu verleihen. Sie waren in einem abfälligen, drohenden, fordernden Ton verfasst. Wenn ihr uns nicht das Wasser und den Strom wieder anstellt, setzen wir die Gleise, die Züge, die Kirchen und die Kupferminen in Brand. Wenn der abtrünnige General nicht einlenkt, setzen wir das Zentralgefängnis, die Polizeiwachen und das Haus seiner siebten Frau in Brand.

»Ich bin kein Student, das ist nur ein Kalender, sonst nichts...«

Er dachte an das Gezeter seines Freundes, Porte de Clignancourt: »Lucien, was ist los? Alle Schwarzen der Welt warten verzweifelt darauf, dass du diesen Text abschließt. Lucien, halt dich ran mit deinem Bühnen-Epos, die Diaspora ist mit ihrer Geduld am Ende. Lucien, dein Werk soll uns, die Schwarzen von Frankreich, rehabilitieren!«

Der Kommissar erhob sich, schaltete das Radio ein.

»Kennst du Harry Belafonte?«

»Bitte, Herr Kommissar, ich habe nichts Schlimmes getan...«

Er zündete sich eine Zigarette an.

»Lassen Sie niemanden im Polygon der Mine der Hoffnung herumlaufen, die Worte des Abtrünnigen. Ich halte mich nur an die Befehle meiner Vorgesetzten. An meiner Stelle würdest du genauso handeln. Wir arbeiten unter schwierigen Bedingungen. Ihr solltet es uns nicht noch schwieriger machen. Alle behaupten, dass sie unschuldig sind. Ich kann leider nichts für dich tun...«

»Herr Kommissar...«

Er wechselte den Radiosender, verschiedene Programme, die Ergebnisse der Pferderennen...

»Gilberto, Gilberto!«

Er rief nach dem Soldaten, der vor seiner Tür zur ständigen Ehrenwache abgestellt war. Gilberto antwortete nicht. Er kritzelte zufällige Zahlen auf ein Stück Papier.

»Kannst du mir einen Gefallen tun?«

»Herr Kommissar ...«

»Ich schließe Wetten für ein Pferderennen in Vincennes ab. In den vergangenen Monaten haben die Pferde uns an der Nase herumgeführt. Ich habe schon auf die 9, die 15, die 6, die 21 und die 7 gesetzt, in dieser Reihenfolge. Jetzt schwanke ich noch zwischen der 16, der 35 und der 9, was denkst du?«

»Nehmen Sie die 16.«

Gelächter des Herrn Kommissars, der schwitzte wie ein Stück Schweinefleisch auf einem Teller.

»Vielleicht hast du recht, das hatte ich auch schon gedacht, die 16. Aber warum die 16?«

»Ich bin am 16. Mai 1953 geboren.«

»Meine Frau ist auch an einem 16. geboren. Meine Ex, wollte ich sagen.«

Er schaute ihn aufmerksam an, streckte die Arme gen Himmel, wie ein Forschungsreisender bei der Entdeckung einer verlorenen Zivilisation.

»Nur eine Flasche Wodka und zehn Pesos, und ich lass dich laufen.«

»Ich bin mittellos, und selbst wenn ich etwas hätte. Ich hasse die Denunziation, die Korruption ...«

Lucien blieb seinen Prinzipien treu, so ein Esel. Da hast du die Möglichkeit, begnadigt zu werden, aber du bestehst darauf, dich deinen Theorien ohne Beine und Rückgrat zu verschreiben. Was soll man mit so einem Typen anfangen? So eine Memme! Requiem an seiner Stelle würde über die Freilassung verhandeln, ohne die Dinge komplizierter zu machen, als sie sind. Lucien, dieser Spinner. Alle Küken aus dem Tram 83 träumten von ihm. Sie liebten ihn, wollten mit ihm flirten, verehrten ihn, himmelten ihn an ... Sie behaupteten, dass er der netteste Mann auf Erden sei. Sie lagen ihm zu Füßen, bettelten: »Nimm uns mit ins Bett, wir haben noch nie mit einem Intellektuellen gebumst, schon gar nicht mit einem Schriftsteller!« Aber Lucien, der keinerlei Schamgefühl besaß, flüchtete sich in seine Zettelsammlung, verschanzte sich in seiner Literatur, verließ das Tram schon vor 22 Uhr, weigerte sich, mit der Aushilfskellnerin mit den dicken Lippen zu tanzen, die ihn nicht mehr aus den Augen ließ, während wir anderen von derartiger Beliebtheit beim weiblichen Geschlecht nur träumen konnten. All diese Unschicklichkeiten verärgerten Requiem, für den Lucien, wir zitieren, »eine Beleidigung für die Männlichkeit« war.

Seit ein Ethnologe ein Küken mit auf eine Reise nach Europa genommen hatte, jagten alle Mädchen vom Tram die wenigen Intellektuellen in Stadtland. Sie sagten, dass auch sie einen Intellektuellen finden und mit ihm weggehen würden, weit weg vom Tram, weit weg von Stadtland, weit weg von uns, nach Prag, Odessa, Zagreb, Budapest, Belgrad ... Dass sie mit allem Pomp heiraten, drei schöne Kinder zur Welt bringen und ins Tram zurückkehren würden, um die Grubenarbeiter lächerlich zu machen, die Aushilfskellnerin mit den dicken Lippen zu boykottieren und sich an den Touristen zu rächen, die sie begrapscht hatten, ohne die Rechnung zu begleichen. Im Bett und sogar in den gemischten Toiletten des Tram veränderte sich die Chronologie des Vorspiels spürbar, wenn der Kunde sich als Intellektueller entpuppte. Streichle zuerst meinen Bauchnabel, und wenn wir schon mal dabei sind, erzähl mir vom Zweiten Weltkrieg und bring mir auch gleich noch Mathematik bei ...

Der Herr Polizeikommissar redete ohne Pause, argumentierte, referierte über Stadtland, erinnerte an seine Heldentaten bei einem der zahlreichen Befreiungskriege, kritisierte die Amerikaner, ließ Lucien seine Widersprüche spüren ...

»Was sollen meine Kinder essen, wenn du dich nicht erkenntlich zeigst?«

»Und das nennen Sie Gerechtigkeit?«

»Ja.«

»Bedauerlich.«

»Eine Flasche Wodka und zehn Dollar, vor dir liegt die Freiheit ...«

»Da mach ich nicht mit.«

Der Kommissar brach in Gelächter aus.

Es klopfte an der Tür.

»Herein!«

Gilberto mit einer Flasche.

»Für Sie, Herr Kommissar.«

»Wegtreten!«

Der Kommissar kramte in dem Müllsack herum, fand ein altes Stück Stoff ... Er nahm zwei Gläser und wischte sie ab.

»Soll ich Ihnen mal was sagen? Ich bin der Einzige auf dieser Welt, der noch bei klarem Verstand ist. Manchmal frage ich mich, wie ich das mache. Ihr gehört doch alle an den Galgen. Das könnt ihr dem abtrünnigen General ruhig sagen! Ich habe Jura nicht nur des Prestiges wegen studiert, ich sorge auf meine Weise für Gerechtigkeit. Wenn Sie wüssten, wie ...«

»Nein danke.«

Lucien lehnte das Glas ab, das der Kommissar ihm hinhielt.

»Sie können sich nicht vorstellen, wie ich leide, wenn ich Typen wie Sie vor mir habe. Obendrein noch unschuldig ...«

Der Kommissar leerte das erste Glas in einem Zug. Er legte eine Kassette ein, *Die Legende von der unsichtbaren Stadt Kitesch und der Jungfrau Fevronija* von Rimski-Korsakow.

»Ich liebe klassische Musik. Jeder Ton lockt uns in unbekannte Tiefen, eine Höhlenforschung der Seele, welch Einfühlungsvermögen, welch Intensität! Wo war ich stehengeblieben?

Ich weiß nicht, ob du mir folgen kannst ... Ich bin Familienvater, und wie du sicher weißt, bezahlt die Regierung uns nicht mehr. Wie soll ich über die Runden kommen, wenn ich mir nicht selber helfe, oder wenn ihr euch weigert, mir zu helfen? Ich bin nicht wie ihr, ich habe keine Zeit, mich in den Minen herumzutreiben. Mein Gewissen plagt mich. Wenn mir jemand unschuldig erscheint, nehme ich das Trinkgeld und lasse ihn gleich wieder laufen. Als ich Sie gesehen habe, hat ein Geist mir gesagt, dass Sie unschuldig sind, deshalb sitzen Sie hier in meinem Büro. Für die anderen machen wir uns erst gar nicht die Arbeit ... Wir werfen sie ins Loch und basta. Ihre Familie kennt doch die Spielregeln. Sie können schon mal anfangen, ein schönes Sümmchen zusammenzusparen. Sehe ich aus, als würde ich lügen? Und wenn Sie Schwestern haben, zögern Sie nicht ... Die können Ihre Angelegenheit beschleunigen, sehr beschleunigen!«

»Ich habe verstanden, aber ...«

Der Kommissar verharrte reglos, die rechte Hand auf dem Herzen.

»Ich liebe diese Stelle, achte auf die sprechenden Chöre, großartig ...«

Er stellte sein Glas ab, rieb sich energisch über den Schädel.

»Ich spüre eine starke Präsenz.«

Lucien nutzte seine Ekstase, um einen Schluck zu nehmen.

»Diese Musik macht mich verrückt! Sie ist sein Meisterwerk, achte auf den Dialog zwischen Gesang und Orchester, ich liebe die jungrussischen Novatoren. Fünf Jahre harte Arbeit hat er in dieses monumentale Werk gesteckt. Können wir gehen?«

»Wohin?«

»Du wolltest mir kein Trinkgeld geben.«

»...«

Lucien stand auf.

Der Musikliebhaber schloss seine Akten. Er schaltete den Kassettenrekorder aus. Zog seine Schubladen auf, ein Gürtel ...

»Hier, nimm.«

Er wies den Gefangenen an, ihm zu folgen.

»Danke.«

Sie gingen durch die düsteren, feuchten Flure, an deren Ende ...

»Falls du Lust hast, über Musik zu reden, immer gerne. Du kommst her. Wir unterhalten uns. Ich bin mir sicher, dass du es schaffen wirst, du bist ein Gewinnertyp, das sieht man.«

Ein dunkler Raum mit Gitterstäben, der Gestank eines Sklavenschiffs, ein höllischer Lärm.

»Bitte!«

Arme, Beine, Flüche, Klagen, schrilles Gelächter, Predigten, Versprechen, Hitze, Hochmut und die Erhabenheit eines wohltemperierten Klaviers.

»Die Freude, Ihre Bekanntschaft gemacht zu haben, ist ganz meinerseits.«

Eine Salsa-Variante, von einem Typen als Zeichen des Protests herausgebrüllt.

»Ich stelle dich von jeglicher Folter frei.«

Er wollte eine Erklärung abgeben, aber die Polizisten ließen ihm keine Zeit.

»Herr Kommissar ...«

Im Bruchteil einer Sekunde hatten sie das Gitter aufgeschlossen, stießen ihn hinein ...

»Sehr geehrter Neuling, wir möchten Ihnen unsere hochachtungsvollsten und aufrichtigsten Grüße überbringen.«

Der Typ, der die Salsa gekreischt hatte, hielt in seiner Aufstandslyrik inne, um ihn inmitten des unvorstellbaren Getöses willkommen zu heißen.

Gegen sechs Uhr abends kamen fünf Gefangenentransporter, um sie in das ehemalige Zentralgefängnis zu bringen.

Der Kommissar flüsterte ihm zum Abschied ein paar Worte zu.

»Du wirst es schaffen, mein Freund.«

»Ich hoffe es.«

Der niemals abreißende Strom von Verbrechern und anderen jämmerlichen Unschuldigen, die er bis zu ihrer Überstellung in eine der achtunddreißig Haftanstalten von Stadtland, unter ihnen das berüchtigte Zentralgefängnis, zu verwalten hatte, stellte eine ständige Überforderung für ihn dar. Jeden Tag lochte man in Kerker mit einer Grundfläche von zwei mal zwei Metern sechs, manchmal auch zehn Personen ein, die dort eine gute Woche ausharrten, bevor sie den Neuankömmlingen Platz machten.

Abgesehen von der Enge litten sie an verschiedensten Krankheiten, sie starben vor Hunger, sie brannten vor Lust auf einen Wodka mit geschmorter Hundekeule und verzehrten sich nach einem Küken mit Fleischtomatentitten.

Aus dem Wunsch heraus, seine Liebe zur klassischen Musik zu teilen, hatte der Kommissar Lautsprecher in der Zelle einbauen lassen und bestand steif und fest auf der Einhaltung seines Stundenplans. Montags ab Mitternacht Strawinsky und Bach. Dienstags gegen acht Uhr abends Tschaikowski, gefolgt von Dmitri Schostakowitsch. Mittwochs nach der Plackerei auf seiner Zuckerrohrplantage *Vesperae solennes de confessore*, Mozart. Donnerstags Zeit für Familie Strauß. Freitags, samstags und sonntags entweder gregorianische Gesänge oder die Beatles oder Alexander Konstantinowitsch Glasunow oder Chopin oder Sergei Rachmaninow.

Bedauerlicherweise verspürten sie in ihrer Lage keinerlei Bedürfnis, der ihnen dargebotenen Musik Gehör zu schenken:

Sein Kerker trug zu Recht den Spitznamen Wiener Konservatorium und die Musik hatte nichts, aber auch gar nichts mit der nationalen Salsa gemein, daher diese neue Art von Häftlingen, die aus Protest lauthals sangen.

»Ich empfehle dir den neuen Sergei Sergejewitsch Prokofjew. Du wirst es schaffen, vertrau mir ...«

Gezwungenes Lachen und Antwort Lucien:

»Das hoffe ich.«

»Ich erfülle nur meine Pflicht.«

»Danke, Herr Kommissar.«

Der Kommissar blieb stehen und betrachtete die Häftlinge in Handschellen, die wie Kiessäcke in die Busse gestoßen wurden. Vergleiche Gleis 17 am Bahnhof, der nichts als ein halbfertiges, von Granateinschlägen zerschundenes Metallgerüst ist, mit ein paar Gleisen und Lokomotiven, die noch an Stanleys Eisenbahntrasse erinnern ...

22. Lob der Folter.

Die Folter ist einer der Punkte, an denen sich eine organisierte Bananenrepublik von einer chaotischen, mit anderen Worten desorganisierten Bananenrepublik unterscheidet. Dessen war sich Lucien bewusst. Daher seine Furcht, als er sich nun auf diesem heruntergekommenen Polizeirevier wiederfand. Das ehemalige Land, das nur noch auf dem Papier existierte, galt als organisierte Bananenrepublik. Die Folterknechte arbeiteten unter sehr guten Bedingungen. Sie hatten zahlreiche Folterutensilien zur Hand: Streckbänke, Schubkarren et cetera. Sie kamen in den Genuss einer Ausbildung und zahlreicher Weiterbildungsmaßnahmen im Ausland. Diese Unholde betrachteten den Leib des Häftlings als ein Ding, eine Sache, ein Gerät, ja sogar ein Kunstwerk. Sie kannten die menschliche Anatomie genau und wandten die Folter mit Takt und Genie an. Mit der Zeit entstand ein gewisses Einverständnis, ein gegenseitiger Respekt oder ein krankhaftes Vertrauensverhältnis zwischen dem Folterknecht und seinem Opfer. Letztgenanntes war seinem Peiniger im Grunde sogar überlegen, wenn ihm bewusst wurde, dass sein Folterknecht ihm zu Diensten stand, nichts dem Zufall überließ und eigens für sein schmutziges Handwerk rekrutiert worden war, und zwar oftmals in der intellektuellen Elite des Landes.

Stadtland vereinigte alle Eigenschaften einer desorganisierten Bananenrepublik in sich. Die Kerle, die in den verschiedenen Kerkern folterten, waren kleine Emporkömmlinge, die man hier und da in einem der zahlreichen Befreiungskriege aufgelesen hatte. Größtenteils handelte es sich um Studenten ohne Universität, autodidaktische Journalisten, Grubenarbeiter, ehemalige Kindersoldaten, Draufgänger, arbeitsscheue Schreckliche ... Sie besaßen kein einziges Folterinstrument, keine Streckbank, nicht einmal ein Kabel, das diesen Namen verdient hätte. Sie hatten keine einzige der Grundtechniken erlernt, bis auf die Chiffon-Methode, die sie annähernd beherrschten.

Oft beschränkten sie sich darauf, die Gefangenen mit Stöcken oder Schemeln zusammenzuschlagen. Nun ist die Folter vor allen Dingen aber eine Kunst, eine künstlerische Gattung neben Literatur, Film und zeitgenössischem Tanz. Alle Eingekerkerten von Stadtland trauerten den Folterknechten der Vergangenheit nach, diesen Unholden, die mit der Präzision einer Schweizer Taschenuhr ans Werk gingen. Nicht einmal in seinen schlimmsten Träumen konnte Lucien, der früher auf keinem Protestmarsch gefehlt hatte, den Gedanken ertragen, hinter Gittern zu enden, ganz gleich, wer die Folterknechte waren.

Wenn Emilienne nicht gewesen wäre, hätte er bis zum Tag des Jüngsten Gerichts im Kerker geschmort.

23. Im Tram, um mit der Musik der Weißen zu verschmelzen, Reden zu schwingen und ein paar Hundespießchen mit Pilzen zu naschen, ein paar Brazza-Bier, um das Ganze abzurunden.

Um die Bombe zwischen den beiden verfeindeten Brüdern zu entschärfen, schlug Emilienne ein Treffen auf ein paar Bier im Tram vor.
Requiem weigerte sich.
»Ich kann Lucien nicht leiden!«
Sie beauftragte Mortal Combat, die Verhandlungen aufzunehmen. Er sollte die Hauptpersonen von der Notwendigkeit dieses Saufgelages überzeugen. Er übernahm diese Aufgabe mit Vergnügen, denn ihre Brüste, die oft Anlass für Spekulationen über die Anatomie des weiblichen Körpers boten, erregten in ihm die wildesten Phantasien.
Requiem änderte seine Meinung unter der Bedingung, dass er seine Leute mitbringen durfte, die euer Bier schneller trinken, als ihr zuschauen könnt. Lucien war wie immer unentschlossen.
»Was sagt die Uhr?«
In dieser angespannten Atmosphäre vereinbarten sie ein Treffen in der Nacht, in der auch das Konzert der Diva der Eisenbahntrassen stattfand. Mortal Combat traf als Erster ein, um schnelle Aushilfskellnerinnen-Dienstleistungen in Anspruch zu nehmen und sich für das Wiedersehen zu wappnen.
Die Getränke wurden gebracht. Emilienne zog sich zurück.
Requiem und seine Truppe zum Schriftsteller:
»Na, du Pisser.«

Alle ihre Bemerkungen drehten sich um den Knast und um Schriftsteller, die in der Mine der Hoffnung herumrennen, geschnappt werden, sich von Frauen wieder rausholen lassen und dann sogar zu schlapp sind, mit denen eine Nummer zu schieben. Sie alberten herum wie die Kinder, während der Applaus auf die Diva niederprasselte.

Der Verleger setzte sich zu ihnen an den Tisch. Er löcherte sein Opfer mit Fragen, ohne ihm Zeit für die Antworten zu lassen.

»Und mein Bühnen-Epos? Was ist mit meinen Figuren? Hast du sie auf die Hälfte zusammengestrichen?«

Armer Lucien, er musste sofort an seinen Freund in Paris, 18. Arrondissement, Porte de Clignancourt denken, der auf ebendiese Texte wartete.

»Das Vorspiel ist für mich wie die Demokratie. Wenn du nicht zärtlich zu mir bist, rufe ich die Amerikaner.«

Er rief immer aus einem Internetcafé an. Da ihm das Wasser bis zum Hals stand, versuchte er die Kosten zu drücken, indem er Lucien in weniger als einer Minute an seine Pflichten erinnerte. Das Gespräch dauerte also höchstens sechsundfünfzig oder achtundfünfzig Sekunden, denn normalerweise stellen in Frankreich und überall sonst auf der Welt die Internetcafé-Betreiber ab der ersten überzähligen Sekunde eine Minute mehr in Rechnung. Aus Angst, eine Minute und ein paar Zerquetschte zu verbrauchen und dann gezwungen zu sein, für zwei zu bezahlen, musste er alles in weniger als sechzig Sekunden herunterrasseln. Um bösen Überraschungen vorzubeugen, kritzelte er seine Nachricht auf ein Stück Papier. Sobald Lucien den Hörer abnahm, schrie der Mann aus Clignancourt los, wie ein Reporter, der den Boxkampf Muhammad Ali gegen George Foreman kommentiert. Die Nachricht war kurz und knapp und aufs Sorgfältigste befreit von allen überflüssigen Floskeln wie

»hallo«, »wie geht's?«, »bis bald«. Jede Sekunde entsprach fünfzig Wörtern. Pro Anruf tausend Wörter, um diesen begriffsstutzigen Lucien auf Trab zu bringen. Bevor er die Nummer des Schriftstellers wählte, trank er einen Schluck Wasser, konzentrierte sich, atmete einmal tief durch, rief sich die Funktion seiner Muskeln in Erinnerung und vergaß die Welt ringsherum. Und das nicht ohne Grund.

Das Internetcafé seiner Wahl war immer überfüllt. Erkennungszeichen: Frauen mit plärrenden Säuglingen, die nach der Brust und anderen Appetithäppchen verlangten. Das Schlimmste war aber nicht das Barockkonzert der Bälger, sondern das Geschrei ihrer Mütter und der anderen Kunden, die nicht telefonieren konnten, ohne sich die Lunge aus dem Leib zu schreien. Man muss sich den Mann aus Clignancourt vorstellen, wie er dastand, das Telefon gegen das linke Ohr gepresst, den Zeigefinger der rechten Hand ins rechte Ohr gesteckt.

Währenddessen spotteten der Negus und seine Leute munter weiter.

»Er hält sich für einen Schriftsteller, obwohl er sich bloß von einer klapprigen Ex-Single-Mami durchfüttern lässt.«

Die Diva, Beifallssturm ...

Nur Mortal Combat kam ihm zu Hilfe.

»Es lohnt sich nicht, auf ein totes Tier zu schießen.«

»Da ist jemand, der sich ein Bein für dich ausreißt, und du ruhst dich auf deinen Lorbeeren aus.«

»Lucien, beeil dich mit deinem Bühnen-Epos!«

Gott hatte die Seinen nicht vergessen. Der Karnevalsumzug kam nach dem Club Cuba und dem Restaurant Singapur auch im Tram vorbei.

»Ich lass dich nicht mehr aus den Augen!«

Der Verleger verschwand.

Ebenso die Leute des Negus, aber ohne den Negus.

Lucien kritzelte in sein Heft: »Die Single-Mami-Küken mit ihren bebenden Brüsten und ihren tragischen Schenkeln ködern die gewinnorientierten Touristen und erheben diese Traumwanderungen zu ihrem Credo.«

24. Lokomotiven-Literatur ...

Lucien musste unbedingt mit der Diva sprechen. Er lud sie auf ein paar Grillspießchen an ihren Tisch ein. Sie schlug ihm vor, sich nach draußen zu setzen. Was ganz nach dem Geschmack des Negus war, da es den Gepflogenheiten entsprach, einen Kausalzusammenhang zwischen Fleischspießen und Hund im Rohzustand herzustellen. Requiem war nicht der Einzige, der so dachte. Die Gleichung lautete: Je häufiger du Schlachtungen beiwohnst, desto größer wird dein Appetit.

Den meisten Gästen war es lieber, dass der Hund, den sie essen würden, vor ihren Augen geschlachtet wurde. Sie tranken. Sie rauchten. Sie verloren ihr Herz in den gemischten Sanitäranlagen des Tram. Sie unterhielten sich. Sie überprüften die Garung. Die räumliche Nähe begünstigte das ständige Kommen und Gehen.

»Was sagt die Uhr?«

Requiem gab die Bestellung auf, ohne sich mit seinen Tischnachbarn abzustimmen.

»Hundekeule in Senfsoße. Als Vorspeise vier gegrillte Ratten ohne Salz.«

»Ich hasse das Vorspiel.«

Der Chef de Cuisine und seine Messdiener trafen bei Einbruch der Dämmerung mit ihren Kochutensilien und zwei Wagenladungen Hund ein, zu Bündeln zusammengeschnürt, um die Schnauzen Draht und Konservenbüchsen. Sie gingen ungefähr zehn Meter vom Haupteingang ans Werk. Die Liturgie folgte immer demselben Ablauf: Entweder wurde das gefesselte Tier in einen Topf mit kochendem Wasser geworfen oder mit einer Eisenstange erschlagen oder so aufgehängt, dass es langsam verendete, wobei ihm kunstfertig die Haut abgezogen wurde, die dann offenbar in den kalten Ländern Europas zu Schuhen verarbeitet wurde. Welch ein Segen, diese räumliche Nähe, eine Poetik des richtigen Abstands.

Lucien wandte sich an die Diva, die aufmerksam Requiems Geschwafel über seine Heldentaten und sein Fernweh lauschte.

»Ihre Arbeit hat mich auf das Konzept der ›Lokomotiven-Literatur‹ gebracht.«

Die Diva lächelte.

»Wir können uns ruhig duzen.«

»Ich würde gerne mit dir zusammenarbeiten ...«

Requiem räusperte sich.

»Das musst du mir genauer erklären.«

Lucien holte einen Zettel hervor und wollte ihn vorlesen.

Um das zu verhindern, warf Requiem ihm einen unmissverständlichen Blick zu und lenkte das Gespräch wieder auf seine Lieblingsfilme.

»Hast du Jean Gabin in *Der Bulle* gesehen? Das ist noch ein Mann! Er erinnert mich an Lino Ventura in *Mordrezepte der Barbouzes*, bis auf die ...«

Lucien war gekränkt.

»Einen schönen Abend noch.«

Er erhob sich, um zu gehen, aber die Diva hielt ihn am Ärmel fest und entschuldigte sich. Er nahm einen neuen Anlauf und fuhr mit seinen Eisenbahngeschichtchen fort.

»Eisenbahn-Literatur oder Lokomotiven-Literatur oder Tram-Literatur oder Schienen-Literatur oder Zug-Literatur oder Bahndamm-Literatur, meine Literatur ähnelt dem Bahnhof, der nichts als ein halbfertiges, von Granateinschlägen zerschundenes Metallgerüst mit ein paar Gleisen und Lokomotiven ist, die noch an Stanleys Eisenbahntrasse erinnern. Das ist mir eines Abends bei einem Spaziergang auf Gleis 10 klar geworden. Du gabst gerade ein Konzert, und deine Stimme, ewig wie der Regen, drang zu mir herüber und ließ mich nachdenken, weggleiten, jubilieren, mich verfluchen, in aller Öffentlichkeit zergehen.«

Requiem, der dazwischenquatscht:

»Der große Ventura, du musst dir unbedingt seinen letzten Film ansehen!«

Lucien:

»Mir ist klar geworden, dass ich meinen Sätzen die Lebenswut dieser Züge, der Züge von hier, einhauchen möchte. Ihre Präsenz, ihren Stolz, ihre animalische Wut, ihre Baufälligkeit und den Rost, der sie zerfrisst. Ich möchte meinen Sätzen die Romantik einhauchen, die diese Züge verbreiten, die sie transportieren. Kurz gesagt, seit einiger Zeit habe ich eine Vorliebe für die Eisenbahn ... Ich suchte den Menschen, aber ich fand die Eisenbahn. (Lachen.) Wenn es nur von mir abhinge, würde ich mein ganzes Leben auf Bahnhöfen verbringen, mich an den Stimmen der Passagiere erfreuen, am Kommen und Gehen, am Quietschen, Kreischen, Knirschen der Waggons, an der Atmosphäre und den Stimmungen unserer Brüder, den Schürfern und nach Freiheit hungernden Studenten ...«

Requiem verlor die Beherrschung.

»Der große Ventura, du musst dir unbedingt seinen letzten Film ansehen!«

Die Diva in ihrer ganzen Schönheit:

»Ich benutze Geräusche, die mit meinen verschmelzen. Ich kam in einem Zug zur Welt, so erzählte es mir meine Adoptivmutter. Du weißt schon, was ich meine, die Schienen, die Weite, die Schienen, das Exil ... Ich bin nie eine talentierte Sängerin gewesen. Es war der Anblick des Bahnhofs, der mich dazu brachte, in mir nach verborgenen Reliquien zu suchen.

Zunächst, um meinen Magen zufriedenzustellen, der nach Rotwein, Schinken und Brot verlangte. Dann überkam mich der Drang, meinen Stammbaum neu zu erfinden.«

Requiem redete weiter, störte das Gespräch mit seinem Lachen.

»*Maledetto Ferragosto*, sein letzter ...«

Die Diva an seinen Lippen:

»Was soll ich tun?«

Lucien wie auf Wolken:

»Ich möchte meine Texte vortragen und sie mit den Aufnahmen der Züge unterlegen, mit deinen Tonaufnahmen. Es geht darum, eine gemeinsame künstlerische Ebene zu finden, ich und meine Texte, du und deine Stimme.«

Die Diva:

»Wie recht du hast.«

Requiem, der Angst hatte, dass Lucien ihm die Show stehlen könnte, mischte sich entschlossen in das Gespräch ein:

»Immer, wenn ich einen Waggon betrete, sehe ich meinen Großvater und seine Ahnen vor mir, wie sie arme Kerle wie mich dazu zwingen, in der bleiernen Hitze zu schuften. Die Eisenbahntrassen widern mich an, wie es einen anwidert, wenn man auf einem Küken liegt, das noch während des Akts erklärt, dass es sich in einem existenziellen No-Mans-Land befindet, weil sein Leben dem fünfzehnten Gebot entspricht: Im Schweiße deiner Schenkel sollst du essen, sei heiß und hartnäckig!«

Alle Welt wusste, dass Requiem Gespräche über die Geschichte der Menschheit nicht leiden konnte, wenn man es so nennen will, weil sie ihn in vielfältiger Hinsicht an seine Herkunft erinnerten. Alle seine Kindheitsfreunde bis auf Lucien erzählten gerne, seine Mutter stamme aus Angola, sein Vater sei ein griechischer Reeder gewesen, und sein Großvater habe sein Leben beim Bau der Eisenbahn verloren ... Er ertrug es nicht, wenn man über seine Kindheit sprach. Er wurde aggressiv, stieß Beleidigungen aus, zog die Grubenarbeiter als Zeugen heran und schwor, dass er euch lehren würde, eure Zunge im Zaum zu halten.

Er hatte sich der Authentizitätsbewegung widersetzt, indem er seinen Familiennamen ablegte, kurz, indem er sich, wie er selbst es ausdrückte, »von dem Schleier befreite, der einen daran hindert, in Ruhe sein Bierchen zu trinken«. Woher hatte er bloß diese Komplexe?

Das Gedicht, das er an der nationalen Universität als Manifest für eine Ideologie der Durchtrennung der Nabelschnur vorgetragen hatte, stammte aus Luciens Feder. An jenem Tag war der Hörsaal der Rechtswissenschaften brechend voll gewesen von Studenten mit Transparenten, die »Authentizität, Authentizität« schrien, und Requiem verlas sein *Requiem für eine erloschene Stadt*.

Ich kappe die Wurzeln, die mich an die Ahnen binden,
Verloren im Busch und anderen Klärgruben der Geschichte.
Ich verachte die Vergangenheit, die auf halbem Wege
    steckenbleibt.
Überlasst mich der Dringlichkeit meines Schicksals!
Lasst mich mein eigenes Sonnensystem erfinden!
Wer hat behauptet, dass ich euch am Monatsende etwas
    schulde?
Ich bin die Malaria.
Ich bin der Baum, der den Wald verdeckt.
Ich gebe euch keine Früchte vor der Trockenzeit.
Sich von allem lossagen?
Ich durchtrenne die Blutsbande.
Ich fälle den Stammbaum!

*Schluss mit dem Gebettel um eine verstaubte Vergangenheit!
Requiem für die Unverfrorenheit.
Requiem für ein Leben ohne Vorwort.*

War Requiem nicht letzten Endes die zweite Besetzung von Lucien? Wie konnten sie, die Tausende von Kilometern, durch Dramen, Brüche und Verrücktheiten voneinander getrennt gewesen waren, unter einem Dach leben? Für manche war die Sache klar: Sie hatten denselben Vater, ob sie nun wollten oder nicht.

Lucien:

»Die Einspielungen sind ein historisches Denkmal, Literatur, Gedicht, Tragödie ... Durch den Rost und die Requisiten dringt man zur Geschichte durch, zur Geschichte der Völker, zur Erinnerung an die Migration.«

Requiem (außer Atem):

»Hör mal, Lucien ...«

Die Diva (fröhlich):

»Ich finde deine Idee genial!«

Requiem (fast zornig):

»Lucien, tu mir den Gefallen, geh und hol dieses Küken da!«

Lucien widersetzte sich.

»Nur meine Texte und die Aufnahmen, deine Aufnahmen, die mir die wahre Ausschweifung eröffnet haben, die Ausschweifung des Geistes, die rein gar nichts zu tun hat (er sah dabei den Negus an und betonte jedes Wort) mit euren Abstiegen in die Niedertracht, die ich abscheulich finde ...«

Requiem, überrumpelt:

»Lucien, können wir von etwas anderem sprechen?«

Die Diva durchschaute das Spielchen des Negus.

»Kannst du mal kurz mitkommen?«

Sie entfernten sich etwas, um zu reden. Requiem nutzte die Gelegenheit, um die Suppe und das Bier zu trinken, die sie stehengelassen hatten. Um seinen Zorn zu besänftigen, nahm Requiem den Service eines Kükens in Anspruch. Sie eilten in die gemischten Sanitäranlagen.

Lucien machte uns eifersüchtig. Er ging uns auf die Nerven. Alle Mädchen mochten ihn. Die Kellnerinnen und die Aushilfskellnerinnen tuschelten, dass er ein guter Junge sei. Die Mutter Oberin begehrte ihn. Die Touristen wollten unbedingt mit ihm zusammenarbeiten und zahlten seine Zeche.

Sie kehrten aus den sanitären Anlagen zurück, verschwitzt und lachend, das Küken mit seinem zerknitterten Minirock.

»Jetzt geht es mir wieder besser.«

Nach fast einer Stunde kamen Lucien und die Diva wieder zurück an den Tisch.

Requiem griff seinen Freund an:

»Was treibst du mit unserer National-Diva?«

Die Diva, ironisch, als Beweis ihrer Stärke:

»Ich liebe das. Komm und tanz mit eurer National-Diva ...«

Im Tram Salsa.

»Nein danke. Ich kann nicht tanzen.«

Wie kann es sein, dass ein Junge deines Alters Hemmungen hat, ein Tänzchen zu so einer schönen Musik zu wagen? Und obendrein noch mit einem so schönen und wunderbaren Geschöpf wie der Diva? Eine wahre Schande! So etwas hat die Welt noch nicht gesehen. Du tust gerade so, als wären wir in der Bibel, aber das sind wir nicht. Der Negus starrte ihn an. In seinem Blick spiegelten sich Wut und Verzweiflung.

Requiem wurde laut:

»Komm her! Komm und tanz mit mir, sonst breche ich dir alle Knochen.«

Die Diva spuckte vor seine Füße:

»Ich mach mich doch nicht schmutzig.«

Requiem, unverschämt:

»Miststück!«

Lucien, in seine Zettelsammlung vertieft: »Also, wenn ich schreibe, kommt es mir vor, als würde mein Alter um die Hälfte zurückgedreht werden, oder um fünfzehn, siebzehn oder sogar fünfunddreißig Jahre ... Es kommt mir vor, als würde ich in den Bauch meiner Mutter zurückkehren und müsste niemandem mehr Rechenschaft ablegen. Ich vergesse Schlag auf Schlag meine alten Klamotten, meine Tuberkulose, meinen Ärger und meine abgenutzten Schuhe.«

Drück dich klarer aus, lieber Lucien, was willst du damit sagen, »in den Bauch zurückkehren«? In einer Depression versinken? Darauf verzichten, an einem schönen Hundespießchen mit gehackten Pistazien zu knabbern? Vor den Ereignissen davonlaufen, die sich vor deiner Nase abspielen? Nicht ins Polygon hinabsteigen? Den anderen auf der Tasche liegen? Das ist doch krank, Lucien. Du lügst, du bist noch nie du selbst gewesen, seit du einen Fuß auf den Boden von Stadtland gesetzt hast. Du warst noch nie du selbst, zu keiner Zeit!

Er seufzte tief und fuhr fort, »Ich schreibe, also komme ich. Bedauerlicherweise währen meine Orgien nicht ewig! Immer redet mir mein Gewissen rein, es scheucht mich auf, es sagt, setz dich wieder an deinen Text. Ich glaube, das ist der schwierigste Moment bei der Entstehung eines Textes, sich wieder hinzusetzen, und dieses Mal nicht betrunken vom Maisbier oder von einer Nacht der Überschreitungen, sondern mit der Anständigkeit und Redlichkeit eines rechtschaffenen Familienvaters ...«

Das ist der Moment, in dem man merkt, dass bei dem Text die Zwiebeln fehlen, dass die Suppe zu dünn geworden ist, dass die Karotten nicht gar sind, dass es zu einem gelungenen Gericht an Würze fehlt ... Man merkt, dass bei großen Teilen gepfuscht wurde, dass dieser oder jener Satz kurzsichtig ist, dass die Nebensätze den Rhythmus aus dem Gleichgewicht bringen, dass die Figuren an ihrem Schicksal zerbrechen und in Depressionen verfallen, dass der Titel keinen Reiz hat oder, im schlimmsten aller Fälle, dass die Geschichte, also der Plot oder das Knochengerüst des Textes nicht aufrecht stehen kann und man den Text entweder neu schreiben oder an die Hunde oder andere Aasgeier der Zweiten Republik verfüttern kann, die nach Frühstück, Mittagessen, Siesta, Vesper, Abendessen und Grillparty geifernd warten, dass Manna von dem Himmel fällt, den sie verflucht hatten, eine Partitur der Demenz.«

Der Negus zündete sich eine Zigarette an, unverfroren.

»Miststück!«

»Sind Sie schüchtern?«

»Wollen wir tanzen?«

Die Diva ist wie eine Hexe. Wenn sie dich ansieht, ist es unmöglich, ihrem Blick standzuhalten, und du hast das Gefühl, sie kennt dein ganzes Leben, sogar besser als du selbst, sie weiß, was du gleich antworten wirst, mit welchem Küken du gestern Nacht im Bett warst, wo und wann du dich erleichtert hast, für welchen Touristen du gräbst; du hast das Gefühl, sie nimmt sogar Einfluss auf deine Antworten.

»Ich bin bloß ein bisschen müde ...«

Sie blieb hartnäckig.

»Mach mir die Freude, Lucien.«

»Miststück!«

»Bitte ...«

»Miststück!«

Wir saßen noch ein paar Minuten im Rauch und in der Wut des Negus, in der Feigheit und Gleichgültigkeit von Lucien, der seinen Unsinn schrieb, in der Schönheit und der Besorgnis der Diva der Eisenbahntrassen und sogen die Verzweiflung und die Dinge, die ungesagt blieben, in uns auf.

»Dieses Miststück ...«

Plötzlich Schreie aus dem Inneren des Tram, vermischt mit Weinen. Wir stürzten hinein.

Eine Menschenansammlung vor und in den gemischten Toiletten. Auf dem Boden die kleinen Körper von zwei Küken, bleich und leblos. Zwei Grubenarbeiter nutzten die Gelegenheit oder versuchten verzweifelt, Mund-zu-Mund-Beatmung zu machen ... Die Touristen riefen mit ihren Telefonen Krankenwagen, die nicht kamen, die Kellnerinnen verlangten ihr Trinkgeld, die Musiker spielten weiter, die Küken stritten sich um einen Touristen.

»Was sagt die Uhr?«

»Du siehst meinem Exfreund ähnlich.«

»Gib mir fünf Schilling.«

»Komm, ich erzähl dir Erwachsenen-Märchen ...«

»Mit oder ohne Gummi?«

»Nimm mich mit nach Warschau ...«

»Ich habe Silikontitten ...«

»Ich bin nicht wie die anderen, die dir gefälschte Gefühle unterjubeln, das mit mir geht so tief rein, das vergisst du nie wieder!«

Die Gerüchte. Drei verschiedene Versionen: 1) Sie waren schwanger und hatten Pillen genommen, um abzutreiben; geschwängert hatten sie Touristen zweiter Klasse. 2) Sie hatten Gift geschluckt, um ihrem jämmerlichen Dasein zu entkommen. 3) Sie hatten einen Seher aufgesucht, um von ihm die Kunst des Köderns zu empfangen, und er hatte ihnen befohlen, keine Hundespießchen mehr zu essen. Aber das ganze Tram hatte gesehen, wie sie an Hundespießchen knabberten, dazu Tequila und tropischen Wodka. Diese Erklärung überzeugte die Schrecklichen, die die Leichen durch die herumfliegenden Stühle, Müllsäcke, Spitzhacken, Spaten, Tische und Flaschen abtransportierten ... Psalm 12,45. Und dennoch hatte die Nacht gut angefangen. Von einem Wurfgeschoss leicht verletzt, schrieb Lucien unter dem Tisch in sein Heft: »Nebelhafte Gestalten geistern durch den Staub ihrer Leben ohne Klo.«

25. Diva: Ein Lokomotiven-Leben, das sich den Unwettern der Geschichte wie auch der Geografie des Verlustes widersetzt. Alkohol-Nacht: Die Diva ist eine Frau, die es Männern unterschiedlicher Nationalitäten ermöglicht, ihren Körper für die Zeit eines Tremolos zu verlassen.

Sie sah Maria Callas zum Verrecken ähnlich, dasselbe Gesicht, dieselbe Gestik, derselbe Stimmumfang. Ihre Stimme begeisterte alle und trieb die Touristen in grenzenlose Ekstase. Ihre Frisur. Das Tremolo ihres Lachens und ihre Zuneigung zum Publikum. Ihre Augen, die flackerten, als würden sie Vergangenes durchstöbern, die Tricksereien, die Grubenunglücke, die Abstiege ins Polygon, das lange und langsame Verlangen, den Merowingern Kulte und Denkmäler zu widmen, und die anderen Gelüste: die Lust, schwarz zu ficken, Überschreitung, die als edelste aller Tugenden galt, Transaktionen und andere zwischen zwei Wodka geschlossene Partnerschaftsverträge, Waren, Grillspieße, die in anderen Epochen *nature morte* genannt worden waren, Fische aus zweiter Hand, die aus den 1990er Jahren stammten und von einem Kühlraum in den nächsten, von einem Land ins nächste, von einem Kontinent auf den nächsten wanderten, bevor sie in den schmierigen Bar-Restaurant-Bordellen von Stadtland strandeten, obwohl Letzteres vom Abtrünnigen unter das Zeichen des nationalen Wiederaufbaus und des Kampfes gegen den Hunger, der Revolution der Modernität und so weiter gestellt worden war.

Sie war zufällig nach Stadtland gekommen. Sie hatte nach Nigeria gewollt, in der Hoffnung, in Lagos in einem großen

Hotel Arbeit zu finden, wie sie es gerne in der Einleitung ihrer Auftritte erzählte, aber das Schicksal hatte anders entschieden. Ihr war klar geworden, dass sie in dieser hartgesottenen Stadt nur dank ihrer Stimmbänder überleben konnte, und sie hatte das Unmögliche versucht, so sehr, dass sie es geschafft hatte ... Zu Beginn ihrer Karriere war sie das Gespött des Tram gewesen, Rotkäppchen hatte man sie genannt, dann kamen die Tonaufnahmen, dann ihre aufheiternden Lieder, die ein wenig glücklich machten, dann die internationale Anerkennung. Woher sie stammte? Ihr Gesicht, Asien, also Thailand, Kambodscha oder sogar Indien, bis zu einem gewissen Grad auch Pakistan. Wie sie es schaffte, mehr als achtundvierzig Sprachen zu sprechen, unter anderem Rumänisch, Etruskisch, Deutsch, Russisch, Wolof, Polnisch und Tamazight? Das Aussehen einer Zigeunerin und gleichzeitig das einer Baronin, eine Art deklassierte Bürgerlichkeit oder modernisierungshungriger Pöbel und zur Krönung des Ganzen die Allüren eines Pfaus.

Die Touristen, die sich in ihren Stammbaum schlichen, versuchten mit Bier, Luxusschlitten, Villen und Minen ihre Aufmerksamkeit auf sich zu ziehen.

»Sie sind einfach umwerfend in diesem saftig grünen Kleid! Möchte Madame oder Mademoiselle uns Gesellschaft leisten?«

»Sehr freundlich ...«

Mit Takt lehnte sie alle Einladungen ab. Die Diva, die Diva, die Diva, schrie das ganze Tram, das ganze Tram 83, einstimmig, dann mehrstimmig.

Seit Menschengedenken hatte kein Mädchen je solchen Erfolg gehabt wie diese junge Dame. Vor und nach jedem Konzert gab es Schlägereien. Jeder behauptete, sie stamme aus seinem Herkunftsland, jeder schwor, sie sei seine Schwester, alle Männer wollten mit ihr ins Bett.

26. Lucien und Malingeau: ein unnötig blödes Duo.

Wetten, dass Lucien der Einzige war, der die vom abtrünnigen General ausgelöste Krise nicht zu spüren bekam? Jedes Mal, wenn der General Erektionsstörungen hatte, ließ er die Minen schließen. Er hinderte uns schon mal für zwei Wochen am Abbau, wenn er nicht in der Lage war, die Küken zu befriedigen, die seinen Harem bevölkerten. Seine Launen beeinflussten die Trinkgelage im Tram. Alle waren beleidigt: die Kellnerinnen und Aushilfskellnerinnen, die Küken, die Schrecklichen, die Knirpse, die Draufgänger, die Touristen zweiter Klasse …

Und das verwöhnte Kind, gebettet und genährt von Requiem, was steuerte es bei, bis auf die Zeilen, mit denen es zu unser aller Ärger seine Hefte füllte, selbst wenn es brenzlig wurde? Im Zug traf er beim Aussteigen Mortal Combat, der Ware auszuliefern hatte, und grüßte ihn:

»Guten Abend, Monsieur.«

»Ich bin kein Monsieur.«

»Was machst du?«

»Ich mag es, mit den Geräuschen unserer Züge zu verschmelzen, ein kleiner Verdauungsspaziergang …«

»Aha. Unsereins spaziert jedenfalls nicht nutzlos herum. Wir graben, wir schürfen, wir kennen keine Langeweile! Es deprimiert mich, wenn Typen, die eigentlich etwas zu tun haben müssten, die Zeit mit Dingen vergeuden, die nichts einbringen!«

Runzelte die Stirn.

»Ich lass dich weiterträumen ...«

»Wohin gehst du?«

»Ins Tram, ein Bier, vielleicht eine Besprechung mit einem Küken ...«

Er blieb stehen, um etwas zu notieren. Für Mortal Combat Zeit genug, die Gleise zu überqueren.

»Warte auf mich ...«

Außer Atem holte er ihn ein.

»Ich habe eine Besprechung mit meinem Verleger im Tram.«

»Hast du eine Kippe für mich?«

»Nein.«

Er zog sein Notizheft hervor.

»Warte auf mich, nur einen Absatz ...«

»Du rauchst nicht, du fickst nicht, du isst keinen Hund, du steigst nicht ins Polygon hinab, du lieferst keine Ware aus, du versteckst dich vor den Mädchen, du trinkst keinen Schnaps, ich frage mich wirklich, was du mit deinem Leben anfängst!«

Statt wütend zu werden, zu kontern, Mortal Combat anzugreifen, lächelte er nur, was für ein Mann!

»Was sagt die Uhr?«

»Was schaust du so blöd? Noch nie was von Krise gehört?«

Vor dem Tram wurden sie von einer Horde Mädchen abgefangen, stark geschminkt und kostümiert wie im Zirkus.

»Haut ab!«

Lucien blieb stehen, um sich für den harschen Ton zu entschuldigen, der ihm diesen jungen Menschen gegenüber nicht angemessen erschien. Mortal Combat blieb ebenfalls stehen und schüttelte ihn.

»Jetzt verstehe ich, warum Requiem dich für einen Außerirdischen hält.«

Sie gingen hinein.

Das Tram war so voll, dass die Gäste bis an die Gleise standen. Die Diva sang Piaf über ihre altbekannten Aufnahmen. Was Lucien gefiel, der, noch bevor er sich setzte, sein Vorhaben zum Besten gab:

»Wir planen ein Duo.«

Der Verleger seufzte.

»Dieses Mädchen hat dir nichts voraus.«

»Es ist ein Projekt, nichts weiter.«

»Ihre Krokodilsstimme widert mich an.«

Er aß keinen Hund, der Verleger. Er bestellte welchen für Lucien. Aber der Schriftsteller bestellte ihn wieder ab.

»Ein Bier ist mir lieber, hab keinen Hunger.«

Damals schlachtete man allein im Umkreis der Mine der Hoffnung dreiundneunzig Hunde pro Woche. Nach Schätzungen der amerikanischen Organisation »Save the dogs in Africa« wurden zu dieser Zeit zweiunddreißig Prozent der Hunde im Vampir-Viertel konsumiert, fünfundvierzig Prozent im Fetter-Braten-Bezirk und dreiundzwanzig im Süd-Camp.

Um für die Hundefrage zu sensibilisieren, hatten sie deutsche Schäferhunde mitgebracht, die darauf abgerichtet waren, jedes Wort zu verstehen und zu befolgen, und hatten dabei übersehen, dass bis auf wenige Ausnahmen das gesamte Fleisch in Stadtland von toten Hunden und Pferden stammte. Man erzählte sich, dass die deutschen Schäferhunde von eins bis zehn zählen, auf zwei Beinen gehen, Schlaflieder summen, den Fernseher anschalten, Kaffee kochen, lesen und schreiben konnten.

Aus denselben Quellen war zu hören, dass sie mit ihren Herrchen in den Steinbrüchen beim Tagesgeschäft gesichtet worden waren. Die amerikanischen Touristen von der amerikanischen Organisation »Save the dogs in Africa« waren verrückt nach dem Tram.

Requiem erschien mit der Fahne eines osteuropäischen Landes.

Die Aushilfskellnerinnen brachten die Getränke.

»Trinkgeld.«

Man hörte, dass sich eines Abends ein paar Küken mit Grubenarbeitern verschworen und einschläfernde Substanzen in die Gläser der Amerikaner gemischt hätten, und dass sie ihnen, als sie außerstande waren, auch nur den kleinen Finger zu rühren, ihre Wohnungsschlüssel, Kleider, Handys und ihre Hunde abgenommen hätten, kurz, die Nierchen mit Pilzen, die es vierundzwanzig Stunden nach diesem Zwischenfall im Bar-Restaurant Singapur, zum Frühstück im Bordell Die Freuden des einsamen Griots, auf Gleis 17 des Bahnhofs, dessen Metallgerüst, zu essen gab ... Ohne uns zu grüßen, tunkte der Negus seine vom ausschweifenden Leben gezeichneten Finger in den Teller seines Nachbarn. Mortal Combat lästerte, dass diese Finger größte Hochachtung verdienten: Sie waren schon überall gewesen, wo Finger so gewesen sein können ...

»Schön bissfest.«

Die Amerikaner erstatteten Anzeige, was nicht beachtet wurde. Wie soll man drei Küken in einer Stadt ausfindig machen, in der es Tausende von ihnen gibt? Sie drohten mit dem Abbruch der diplomatischen Beziehungen, wenn die Schuldigen nicht gefasst werden würden ...

Sie stifteten viel Unruhe, bevor sie in einen Zug Richtung Hinterland stiegen, das sie ohne Gepäck erreicht haben sollen, ein weiterer Coup der Schürfer, hieß es, die sicher noch die deutschen Schäferhunde mit Pilzen verdauten, dazu einen Wodka und eine Partie Unterleibsfreuden im Bordell Das Paradies von Gegenüber, das von Mutter Eugenia, Christelles Tante väterlicherseits, meisterhaft geführt wurde.

»Wie geht es meinen Figuren?«

»Nicht schlecht. Es ist mir gelungen, ihre Anzahl zu halbieren.«

Er reichte seinem Verleger das Manuskript, das dieser durchblätterte und ihm sofort wieder zurückgab.

»Ich sehe hier zehn Figuren, was haben die acht anderen da verloren? Ich habe dir doch gesagt, dass ich ein Zwei-Personen-Stück will!«

Das Lachen von Requiem.

»Aber Sie müssen sich doch daran erinnern, was Sie gesagt haben, als wir uns das letzte Mal gesehen haben: Streich die zwanzig Figuren auf zehn zusammen, und ich veröffentliche dich. Das habe ich versucht und musste dafür einen Gutteil der Geschichte unterschlagen ...«

»Hör zu, Lucien ...«

»Aber ...«

Er blätterte sich durch die ersten Seiten.

»Du musst dich doch daran erinnern ...«

»Hey du«, sagte der Negus zum Verleger, »wegen dieser Sache bin ich hier.«

Eine Kohorte Küken ...

»Wünschen die Herren Gesellschaft, um die Frauen daheim zu vergessen, die weder Initiative noch Kreativität erkennen lassen?« Im Tram 83 ist es unmöglich, sich zu unterhalten, ohne unterbrochen zu werden! Die Krise und die Zusammenstöße, bei denen wir aneinandergeraten waren, hatten die Küken noch aggressiver und anspruchsvoller werden lassen. Sie gingen nun so weit, uns am Ärmel festzuhalten. »Und was soll aus uns werden, was sollen wir essen, wenn ihr immer unter euch bleibt?«

»Verschwindet!«

»Gebt uns hundert ...«

»Was sagt die Uhr?«

Eine Aushilfskellnerin kam mit Requiems Flasche.

Lucien zog sein Notizheft hervor, schrieb: »Sie fordern aufs Schärfste ihre Rechte und Pflichten ein, aber man kann spüren, dass sie sich trotz ihres Zorns keine Sorgen um die Zukunft machen und ein fürstliches Leben führen: Das beweisen ihre Markenkleidung und ihre verlockenden Lippen, golden wie das Glück. Ich frage mich, wie sie es anstellen. Die Krise hält an, sie beschweren sich, aber am Ende trinken, lachen, singen sie doch wieder, spielen Poker, prahlen mit ihren Silikonbrüsten und beschimpfen die streitlustigen Touristen zweiter Klasse. Kann das Elend gut gekleidet sein, oder ist es am Ende nur als Elend verkleidetes Glück?«

»Ich möchte mein Trinkgeld.«

»Nehmen wir einmal an, wir würden uns auf diesen Text mit seinen zehn Figuren einigen. Fällt dir denn gar nicht auf, dass sie zwischen den Zeilen hin und her schlingern?«

»Schön bissfest, diese Nierchen.«

»Wenn ihr uns kein Geld gebt, rühren wir uns nicht von der Stelle.«

»Hey Kleine, deine Titten bringen mich ins Schlingern, stimmt's, Lucien?«

»Trinkgeld.«

Stellt euch die Atmosphäre vor, die Mädchen-ohne-Höschen, die Aushilfskellnerinnen, Lucien, der Verleger, das Lachen der Schürfer ringsherum und bei den gemischten Toiletten das Flüstern einer Reihe von Küken, die an den Schienen unserer National-Diva hingen …

»Aber du hast ihn doch noch gar nicht gelesen! Und trotzdem erlaubst du dir ein Urteil …«

»Hör zu, mein Junge, deine Figuren sehen nicht aus, als könnten sie auf einer Bühne bestehen.«

»Du denkst schon an die Aufführung?«

»Sie sind nicht glaubwürdig. Sie schämen sich, überhaupt da zu sein. Sie laufen vor uns davon. Ich sage ja nicht, dass es keinen Text gibt ...«

»Gebt uns hundert ...«

»Trinkgeld ...«

»Handelt der Text von dir?«

»Genau da müssten wir ansetzen. Sehen Sie, Sie haben ihn noch gar nicht gelesen und schon ...«

»Hör zu, Lucien ...«

»Herr Verleger, langsam habe ich genug von Ihren Geschichtchen! Das Stück spielt auf einem Bahnhof. Es ist in Gleise unterteilt. Es gibt zehn Gleise, also zehn Akte. Zehn Figuren, die einander nicht kennen, warten auf ein und dieselbe Person. Eigentlich kennen sie sich, könnte man sagen, über einen Dritten. Und das ganze Stück lebt von ihren Plänen, Träumen, Erinnerungen, ihrer Zuneigung und ihrem Hass auf den Typen, der kommen soll ...«

»Trinkgeld ...«

»Der Plot und die Figuren überzeugen mich irgendwie nicht. Vielleicht könntest du den Text auf zwanzig Figuren erweitern, um das Ganze anschaulicher zu machen ...«

»Aber ...«

»Wir haben da etwas, das wird euch verrückt machen vor Lust ...«

»Ich sage dir, dein Text wird nach Gleisen und der Geschichte der ersten Mine stinken. Literatur ist nicht das, was man sehen kann. Wir haben genug von diesem Quatsch. Wir wissen schon alles über Züge, also verschone uns mit deinen Eingebungen ...«

»Ich danke Ihnen für alles.«

Er stand auf, zur großen Freude der Küken, die in ihm einen potenziellen Kunden sahen.

»Ich schlage dir ein Geschäft vor, ein anderes Geschäft.«

»Du meinst ...«

»Afrika interessiert die meisten Intellektuellen nicht, man könnte sagen, es ist nicht mehr so exotisch wie vor vierhundert Jahren. Ich schlage dir vor, es nochmal mit demselben Text zu versuchen, nur dass die Handlung in Kolumbien spielt. Die FARC, der Dschungel, du weißt schon ... Nimm das als Hintergrund. Die Geschichte muss im Dschungel spielen.«

»Wenn du fertig bist, Lucien, will ich noch ein paar Takte mit diesem Typen reden. Wir wollen hier nicht ewig warten, bis ihr mit eurer Literatur durch seid. Hey du (an den Verleger gerichtet), ich wusste gar nicht, dass du unter deinem Tropenhelm so pingelig bist.«

»Versuch es noch einmal mit denselben Figuren, gib ihnen ein Herz, damit sie laufen können. Du musst für deine Figuren brennen. Zeig uns ihre dunklen Seiten. Denk dir Sexorgien aus. Lass sie in einer grotesken und gleichzeitig realistischen Welt leben, sorge für die richtige Mischung, und zwar in einem rein kolumbianischen Kontext.«

»Ich verstehe. Aber was soll ich mit diesem Text machen?«

»Du bist Schriftsteller und fragst mich, was du mit deinem Text machen sollst?«

Er dachte an seinen Freund, Porte de Clignancourt, der jedes Mal tobte, wenn Lucien herumtrödelte, während er sich bemühte, Kontakte zu Pariser Theatern zu knüpfen. Aber wer musste denn um jeden Preis ins Ausland gehen? Wer wollte denn unbedingt Astrologie studieren? Was soll das bringen, in einem Land, in dem man nur jeden zweiten Tag etwas zu essen bekommt? Nach seinen brillanten Leistungen an der Universität hatte er sich wie neunzig Prozent der Bevölkerung in die Schlange der Arbeitslosen der Republik eingereiht. Nachdem er sich ein paar Monate lang so durchgeschlagen hatte, war er nach Europa gegangen. Seine ältere Schwester hatte eine Affäre mit einem berühmten Musiker. Wie man sich bettet, so schläft man, heißt es. Sie drängte ihren Liebhaber, den Bruder für sich arbeiten zu lassen. Bedauerlicherweise konnte er weder singen noch ein Instrument spielen. In seiner Verzweiflung überredete er seinen Schwager, ihn mit in den Norden zu nehmen, um dort sein Glück zu versuchen. Bei der nächsten Tournee trat der Astrologe als Saxofonist in die Gruppe ein. Ein großer Schwarzer mit Dreadlocks, umgehängtem Baritonsaxofon und obendrein noch einem leichten Banania-Lächeln, die Flughafenpolizei schaute da nicht so genau hin.

Der Astrologe sang und trommelte in einer Metrostation. Singen und trommeln ist vielleicht zu viel gesagt. Es war grauenhaft. Er traf keinen einzigen Ton und rieb sich die Hände an seinem Instrument wund. Weil die Vernunft für manch sensible Seele noch immer hellenisch ist und das Gefühl auf ewig Negersache, oder, sagen wir es klar und deutlich, weil jeder Schwarze mit Dreadlocks ein sehr guter Künstler sein muss, blieben die Passanten stehen, applaudierten und machten ein paar Münzen locker, die es ihm ermöglichten, in Afrika anzurufen und sich die Laune mit Wein für einen Euro fünfzig die Flasche aufzubessern. Es ist gut möglich, dass er besoffen war, wenn er ins Telefon bellte. Gut, er hatte Lucien bei seiner Hochzeit mit Jacqueline hundert Dollar geliehen, aber das war kein Grund, jemanden ewig zu belästigen. Außerdem hatte Lucien sie schon längst zurückgezahlt.

»Ich empfehle mich, meine Herren.«

Requiem kaute einem Küken das Ohr ab.

»Ach noch was, Lucien, wenn du ein wenig Zeit hast, beglücke uns doch mit einem Gedichtband über Mauretanien. Mauretanien, das interessiert die Leute, das beflügelt die Phantasie!«

Er beugte sich hinunter, schrieb: »Die Mädchen sind wie die Minen sind wie die Eisenbahntrassen sind wie die Schürfer sind wie die Studenten und ihr Streik ohne messbare Lebensdauer sind wie ihre krawattenlose Vergangenheit, eine aussterbende Art. Aber ich bewundere sie dafür, wie sie das Leben und den Tod nehmen.«

»Ja.«

»Was sagt die Uhr?«

»Freie Verse über Mauretanien.«

»Ich werde darüber nachdenken. Ich empfehle mich. Mein Auftritt mit der Diva steht kurz bevor. Ihre Anwesenheit ist uns eine Freude.«

»Liebe mich für immer.«

»Nimm mich mit in dein Land und liebe mich mehr als deine Kinder.«

Da runzelte er die Stirn, der Verleger.

»Hör auf, am Rockzipfel dieser Göre zu hängen.«

Er ging mit seiner Zettelsammlung hinaus, ein paar junge Damen hinterher, nicht alle ... Der Verleger hob die Hand:

»Rum!«

Requiem zu den verbleibenden Single-Mamis:

»Kommt!«

Sie gingen in die gemischten Toiletten.

Sie übertraten die Schwelle, ein Miauen, crescendo, ein langes Miauen, in der Feuersbrunst der Schienen der Diva, Epheser 18.

27. Der Abgang des Negus.

Requiem gab vor, im Gesundheitssektor zu arbeiten, aber niemand in Stadtland wusste, was er wirklich trieb, einmal abgesehen von Entführungen und Einbrüchen im Polygon. Jede Nacht kam er mit einer beträchtlichen Summe Geld nach Hause und verbrachte Stunden damit, es zu zählen und in Müllsäcken zu verstauen. Manchmal triefte er vor Blut wie ein nasser Schwamm. Manchmal kreuzte er fast nackt auf. Und eines Nachts weckte er Lucien mit den Worten: »In zwei Tagen muss ich einem griechischen Reeder 5 765 000 Dollar zurückgezahlt haben. Was soll ich machen? Der legt mich um.«

Aber was zum Teufel machte Requiem bloß mit dem ganzen Geld? Nie sah man ihn in einem maßgeschneiderten Anzug oder einem Luxusschlitten oder auf einer heißen Maschine oder mit einer der etwa dreißig Diplomatentöchter, auf die ganz Stadtland ein Auge geworfen hatte, einschließlich unserer mexikanischen, südossetischen, pakistanischen, belgischen, französischen, indonesischen, ungarischen, rumänischen, chilenischen, kanadischen, ukrainischen, tibetanischen Brüder, die meisten von ihnen ohne Aufenthaltsgenehmigung oder nur mit einer auf dem Schwarzmarkt beschafften Arbeitserlaubnis.

Eines Tages ging er fort. Er konnte unmöglich mit einem Typen zusammenzuleben, der es nicht schaffte, einen Job zu finden, und sich an seine Literatur klammerte wie an ein Familienerbstück, das von einer Generation zur nächsten weitergegeben wird. An einem Montag spät in der Nacht holte er seine Sachen. Es hatte den ganzen Tag geregnet und gestürmt. Nach dem letzten Akt der Tragödie, der sich, die Götter können es bezeugen, über gute zwei Stunden hinzog, beschloss er, noch ein letztes Mal die Macht des Negus unter Beweis zu stellen ...

»Guten Abend, Requiem.«

Im Wohnzimmer traf der pitschnasse Requiem auf Lucien, der es sich mit ein paar Illustrierten gemütlich gemacht hatte und sich obendrein weigerte, seine Figuren in einem kolumbianischen Kontext anzusiedeln ...

Schwanengesänge währen ewig. Letzter Akt. *Suite et fin.* Ohne sichtbare Regung reichte er Lucien einen Stapel Zeitungen, die so durchnässt waren, dass sie sich in seinen Händen auflösten. Er steckte ihm einen Schein zu. Er gab ihm einen Kuss auf die Stirn. Er betrachtete ihn eingehend, bevor er die Treppen hinunterging, mit seinen Koffern, Müllsäcken und seinem Gesicht, vom Leben gezeichnet wie der Bahnhof, dessen halbfertiges, von Granateinschlägen zerschundenes Metallgerüst ...

»Gehst du fort?«

»Ich kann dich nicht ertragen. Du weigerst dich, für mich zu arbeiten, obwohl du alles mir zu verdanken hast. Außerdem willst du unbedingt dein Geschreibsel veröffentlichen, und wo? Ausgerechnet bei Malingeau, meinem größten Feind! Du wirst es niemals schaffen, die Miete zu zahlen, darauf verwette ich meinen Schwanz!«

28. Lob auf eine Nacht der Überschreitung, gefolgt von der Lesung von Lucien und der Diva.

Nicht jede Nacht folgte derselben Chronologie des Biers, der Musik, des Tanzes, der taufrischen Single-Mamis, der Hundespießchen und des Wahnsinns. Die Nachtschwärmer kannten den Plot, also die Prosodie der Ereignisse, die Zuckungen der Umstände, die düsteren Prozessionen ins Ungewisse. Manche begannen mit klapprigen Single-Mamis, genossen die poetischen Tänze auf den Pritschen des Bordells Vis-à-vis bei Großmütterchen Nahkampf, machten weiter mit Jazz, schrieben das Vorwort mit Glühwein, genossen Katzenragout mit Oliven, Reis, Hundespießchen und Safrankartoffeln, rauchten indischen Hanf, stiegen bis zu den Zähnen bewaffnet ins Polygon der Mine der Hoffnung hinab … Die Nächte waren ein großes Glück für alle, die sie zu nutzen wussten: Wahre Nächte waren lang und beliebt beim Volk, wahre Nächte verliefen ereignisreich, wahre Nächte entgingen nicht der Korruption und anderen Tiefschlägen, wahre Nächte stanken nach den Neuralgien, der Spucke und den traumatischen Erlebnissen all derer, die diese schöne, kaputte Welt geschaffen hatten.

»In der Nacht arbeiten die Riesen dieser Welt mit dem Eifer autodidaktischer Bäcker an unserem Unglück«, scherzten die Mädchen mit den Auberginentitten, die sich auf den gemischten Toiletten des Tram 83 drängten. Ihr Verlangen, uns zum zweiten Tod, nach Gehenna zu bringen, war weit wie das Meer, Offenbarung 19, Vers 20, Offenbarung 20, Vers 14, Offenbarung 21, irgendwo beim achten Vers oder sogar im Buch der Korinther ... Sie waren unglaublich schön und sagten immer dieselben Sprüche auf.

»Wir sind herzlich, erfinderisch und beweglich, unsere Körper bescheren euch das Glück längst vergangener Zeiten. Eure Frauen können uns nicht das Wasser reichen, sie sind herkömmlich, haben steife Hüften, bekommen ihr linkes Bein nicht hoch und verbringen die ganze Nacht damit, Geld für den Haushalt und die Ausbildung der Kinder und dies und das einzufordern, während wir ewig währen und uns ganz und gar hingeben, bis wir euch zur Ekstase gebracht, zur Ekstase gezwungen haben.« In der Zwischenzeit Tarifverhandlungen über stetig steigende Löhne, die Beine geben nach, die Lust, sich den Unterleibsfreuden zu widmen, das Bier macht sich bemerkbar ... Und der Körper wartet sehnsüchtig, zu koten, sich die Hosen schmutzig zu machen (koten = überschreiten = ablassen = Ballast abwerfen = abtransportieren = abseilen = gegen Kaution freilassen = sich erleichtern = scheißen, und um nicht der Dummheit anheimzufallen oder vulgär zu erscheinen, sagen wir dringendes Bedürfnis oder sogar Notdurft).

Die gewinnorientierten Touristen, die chinesischen Touristen, die Touristen zweiter Klasse, die Demoiselles d'Avignon, die Kellnerinnen und Aushilfskellnerinnen, die Streik-oder-stirb-Studenten, die Grubenarbeiter, die Selbstmörder, die Schrecklichen, die Knirpse, ganz Stadtland strömte ins Tram.

Unter dem Beifall des Tram betraten die Diva und Lucien die Bühne. Der Schriftsteller zitterte. Er brachte es nicht über sich, ins Publikum zu schauen, er konnte nicht einmal mit der Primadonna kommunizieren, die unablässig lächelte, um das Publikum für das Kommende einzunehmen.

Über den genauen Hergang seiner sexuellen Abenteuer mit der Diva nach jedem Konzert zirkulierten zahlreiche Gerüchte vom Vampir-Viertel über den Club Cuba bis ins Polygon. Die

Aushilfskellnerin mit den dicken Lippen bestätigte dieses Tun und Treiben unter der Gürtellinie. Sie wurde hysterisch, wenn man ihr das Trinkgeld verweigerte, und beschrieb, um sich wieder zu beruhigen, in voller Lautstärke, wie Lucien die Diva durchorgelte. Diese Enthüllungen machten die Männer traurig, die nur Augen für die Karosserie der Königin der durchzechten Nächte hatten.

Als Lucien im Tram auftauchte, umringten ihn die Schrecklichen, die Touristen zweiter Klasse, die Knirpse, die Küken und die Grubenarbeiter und bettelten ihn an auszupacken. Er hüllte sich in Schweigen. Das stachelte unsere Neugierde weiter an und kränkte uns zutiefst. Wir hatten wenigstens das Recht, die Wahrheit zu erfahren.

Die Diva tanzte denselben Bolero mit uns. Wenn wir sie fragten, breitete sie die Arme aus und lachte ihr wunderschönes Lachen. Die Sensibelsten unter uns ejakulierten in die Hose. Wir verbrachten den Rest der Nacht damit, das Lachen der Primadonna zu analysieren, bis wir, der Mutmaßungen müde, auf die Küken zurückgriffen.

Die Diva währt ewig. Kein Küken, nicht einmal zwei Küken können sie vergessen machen. Am nächsten Tag war die Lust, die Sängerin zu besteigen, wieder da und entfachte von neuem die wildesten Spekulationen und Gerüchte. Zum Ausgleich schlugen die Grubenarbeiter und die Touristen zweiter Klasse vor, eine Miss-Küken-Wahl zu organisieren, während die Touristen erster Klasse damit drohten, nie wieder ins Tram zu kommen. Die Diva währt ewig. Selbst die, die sich gegen sie verschworen hatten, überhäuften sie bei jedem ihrer Konzerte mit Blumen.

»Wo Bier ist, ist auch Freude.«

Zur Einstimmung sang die Diva der Eisenbahntrassen *This life is longer than the train to nowhere* zum Crescendo der neuesten Eisenbahnwaggons, die der abtrünnige General im Tausch gegen noch nicht erschlossene Ware hatte anschaffen lassen, die Intensität und der Klang der Stimme der Königin zogen uns in den Bann, ihre sanften Gesichtszüge im Halbdunkel, diese Stimme versetzte uns in schwer zu ertragende Gemütszustände, in denen wir loslaufen und auf den erstbesten Zug Richtung Nirgendwo springen wollten, was für eine Intensität, was für ein Klang, die Stimme schnellte in die Höhe, schlug Salti, wurde tiefer, humpelte, riss den widerlichen Gestank der Schienen aus den vereisten Herzen, die Touristen, Arm in Arm, schworen, nie mehr ihren schmutzigen Geschäften nachzugehen, die Küken verkündeten unter Schluchzen, sie würden beim Morgengrauen wieder unter das väterliche Dach zurückkehren, die Aushilfskellnerinnen wurden sanft und versprachen uns den schnellsten Service der Welt, Malingeau leerte sein neuntes Bier, die Studenten begruben ihre Streitaxt, die lang war wie der Streik selbst, die Grubenarbeiter luden die Draufgänger zu einem Bier ein, alle waren in Tränen aufgelöst, Nebel zog auf, das Meer strömte hinaus, die Dunkelheit verschwand aus den Gesichtern, Hundefleisch wurde von Tisch zu Tisch gereicht, fast wie beim letzten Abendmahl, die Lust stieg, manche Touristen unterbrachen ihre Gespräche, um den Schürfern die Hand zu schütteln, die durch Zähne, so dreckig wie die Gleise des Bahnhofs, dessen Metallgerüst, zischelten, dass eine neue Welt kommen wird, die Diva der Eisenbahntrassen, das Bier wurde herumgereicht, wir zitterten am ganzen Körper, wir machten uns in die Hosen, wir masturbierten, wir kletterten auf die Tische, wir rannten mit dem Kopf gegen die Wand, wir sammelten uns vor den gemischten Toiletten, diese Stimme, diese Stimme, diese Stimme, sie durchdrang uns, rieb uns wund, trampelte uns nieder, zerriss uns, fortgehen, geboren werden, träumen, wir dachten an jene, die von der Erde verschluckt worden waren, an jene, die die Züge bei einer Entgleisung mit sich fortgerissen hatten, verbittert und in Gedanken bei jenen, die ihr Glück auf der anderen Seite des Ozeans suchen wollten und niemals ankamen, von den Wellen verraten, diese Stimme, diese Stimme, diese Stimme, Requiem lachte arrogant, Lucien klammerte sich an seinen Stift und kritzelte, das Glück ist ein brutaler Traum, und dieser Traum braucht die Brutalität, damit er Geschmack hat, der Verleger setzte seine Brille ab, stand auf, ging quer durch das Tram, von einer Seite zur anderen, diese Stimme, diese Stimme, diese Stimme, das Glück ist ein schwindendes Lächeln, wir tanzten einen Walzer der Begierde, die Träume verflüchtigten sich in den Rauchschwaden der Zigaretten, eine Stimme, die euch zerreißt, die Zeit hatte keine Bedeutung mehr, wir befanden uns im Jahr 2069 oder 1735 oder 926 oder in der Steinzeit, verdreckte Gesichter, nackte Füße, Lendenschurz, in unbekannten Zungen sprechend, diese Stimme, diese Stimme, diese Stimme, die Touristen sahen ihre Vergangenheit vor sich, die Schürfer brüllten, sie seien zu stolz, um nach Beach zu gehen und sich auf dem Ozean davonzumachen, nur Wodka und verfaulte Mangos als Proviant, die Wunden vergessen bei einem Refrain aus akustischen Schienen, an den Gedanken entlangwandern und trotz des Todes und der Züge, die abfahren und leer zurückkehren, von den Rissen sprechen und vom Glück, das Glück ist eine verrostete Schrottkarre, die euch zu eurer Grab-Mine bringt, die ihr ohne Hoffnung auf Rückkehr betretet, im Anfang war die Diva mit ihrer Güterzug-Stimme, diese Stimme, diese Stimme, diese Stimme, diese Stimme, diese Stimme, diese Stimme, in die sich die Fatwas mischen, das Angelusläuten, das Dröhnen der Waggons auf Gleis 13, diese Stimme, diese Stimme, die Diva, Glück ist, seine Tränen, seine Misserfolge, seinen Herzschmerz in Musik zu ertränken, die einfach menschlich ist, diese Stimme, diese Stimme, diese Stimme ...

»Das Vorspiel verdirbt den Spaß.«

Lucien las einen Text, der von einer Zufallsbegegnung zwischen einem Mann und einer Frau an Bord eines Zuges handelte, gemeinsamer Nenner: Gedächtnisverlust. Sie verliebten sich ineinander. Aber wie sollten sie es sich sagen? Wie sollten sie sich lieben? Wie sollten sie sich von ihrem früheren Leben erzählen? Gegen Ende, als dem Mann nur noch fünf Wörter blieben (Geschichte, Mandelentzündung, Feuerpause, Schande und Schweißen), versuchte er sich eine Sprache zu basteln, um die Liebe zu sagen. Die Diva, die die Rolle der Frau spielte, sang über die Tonaufnahmen eine Melodie, lang, düster und trotzdem himmelblau, ihre Stimme, Beifallsstürme, Beifallsstürme, Beifallsstürme ...

Vor und im Tram ein Ausdruck von Unvollendetem. Vor und im Tram Geschrei. Vor und im Tram Lieder und Texte des heiligen Paars, vereint im Willen, in der Verschwendung der Zeit, im Hunger nach Archäologie, nach Einsamkeit ...

29. Denn Staub bist du, zum Staub musst du zurück,
1. Mose, 3,19 ...

Anders als der Rest der Menschheit schürfte Lucien nicht in den Minen. Er zog es vor, vom Schreiben zu leben oder vielleicht noch in einem großen Büro ganz für sich allein zu arbeiten. In einem Dschungel wie Stadtland war das unmöglich. Alle Tätigkeiten drehten sich um den Stein. Alle waren direkt oder indirekt vom Stein abhängig. Man kannte nichts anderes, als unter die Erde zu gehen, Maulwürfe, die wir waren, die wir sind, die wir bleiben. Man schlägt seinem Schicksal kein Schnippchen, schwafelte der Negus. Es steht geschrieben, in Minen und Zügen geboren, in Steinbrüche müsst ihr kriechen für die Zeit eures Lebens, bis die Prophezeiungen eintreffen. Wie Macht, Dummheit und Hämorrhoiden wird auch Armut vererbt. Das Lokomotiven-Leben ist sogar ansteckend.

Als er seine Miete nicht bezahlen konnte, entschloss er sich, Emilienne zu kontaktieren:

»Komm her und mach dir nichts draus. Warum hast du nicht früher gesagt, dass Requiem dir das Leben zur Hölle macht? Lass dir von irgendwem den Weg zum Maquis zeigen, ein kleines Bar-Restaurant-Kino ein paar Straßen vom Bahnhof. Man nennt mich Tantchen Emilienne ...«

Hatte Emilienne es ernst gemeint, als sie ihm anbot, sie bei Schwierigkeiten anzurufen? Sie hatte ihre Beziehungen spielen lassen, um ihn aus dem Gefängnis zu holen. Sie liebte ihn, überschüttete ihn mit Zuneigung und ging sogar so weit, ihm seine Zurückgezogenheit vorzuwerfen, weil sie sich von ihm doch nichts als ein wenig Aufmerksamkeit gewünscht hätte.

Das Maquis: ein kleines Haus mit von Einschüssen zerschundenen Mauern, Relikte des dritten, pardon, des vierten Befreiungskriegs.

Drinnen und draußen Grubenarbeiter in Lumpenoptik, schmutzig, herablassend, quietschfidel, mit ihren Kippen, Spitzhacken, Schaufeln, ihrem Zorn und ihrer Art, schlecht über euch zu reden, als wärt ihr nicht ihr eigen Fleisch und Blut ... Ein Steh-Parlament aus postpubertären Küken, laut prustend.

»Was sagt die Uhr?«

Musiker und ihre Gitarren, Akrobaten, Touristen, Köche, Kellnerinnen, Aushilfskellnerinnen, Studenten: das Tram 83 in Kleinformat, könnte man meinen.

»Ich bin froh, dass du da bist.«

»Was sagt die Uhr?«

»Das Vorspiel ist mir zu anstrengend.«

Sie half ihm, seinen Koffer zu tragen, führte ihn an die Bar, wo ein Tisch nur für ihn reserviert war.

Lucien, du Egoist, dich interessiert nur, ob du selbst genug zu fressen hast, es kümmert dich überhaupt nicht, wie Jacqueline die Finanzkrisen übersteht, von denen alle Welt spricht.

»Geht es dir gut, Schatz?«

»Ja«, antwortete er, arrogant wie alle Intellektuellen.

Eine neue Kapelle nahm die Plätze ein.

Ein Tourist, vielleicht der Mäzen der Gruppe, stellte die Musiker vor: zwei talentierte Gitarristen. Ein Saxofonist weit über fünfzig. Ein selbstgefälliger Schlagzeuger mit Dreadlocks, Piercings, Tattoos und Banania-Lachen. Am Attacke-Gesang: zwei erste Stimmen, vier zweite Stimmen. Fünf dralle Küken als Tänzerinnen, bauchnabelfrei. Ein *Atalaku*, so eine Art Showmaster. Und der Orchesterchef, der Hohepriester, in Kasamoto-Optik. Sie haben das Publikum in der Hand, beherrschen es, verzaubern es, du kannst es spüren. Zweifellos Zairer, das erkennst du an ihrem Drang, das Publikum zu lenken und Stimmung zu machen, an ihren Fingerfertigkeiten, an ihrer Art, euch anzuschauen, ihren Schreien, ihrem Gesang ... Sie eröffnen die Show mit zwei schönen Rumbas aus den 1960er Jahren. Machen dann mit ihrem eigenen Repertoire weiter, einem zeitgenössischen Repertoire, gewürzt mit einem überarbeiteten Coupé Décalé, mit dem neuen *Katazo*, genannt Tanz der »Mpomba« (das heißt starke Männer, die Gangster von Kinshasa, die euch wegen jeder Kleinigkeit die Kehle durchschneiden), abgeschmeckt mit einem *Ndombolo* in der Variante *Lopele* (Fischschwanz) und ein paar untergejubelten Merengue- und Conga-Schritten, gerne auch angereichert mit einem *Katazo*-Remix, genannt *Katazo 2*, zweifellos eine Frage der Universalität. Ihr könnt euch die Wirkung von guter Musik, heißen Rhythmen, schönen Männern und von Mädchen, die es draufhaben, vorstellen, ein versiertes und zu hundert Prozent hinter der Sache stehendes Publikum, aber Lucien (Tim und Struppi in Simbabwe) schrieb weiter seinen Schund, als ob nichts wäre!

Nachdem sie uns eine Stunde eingeheizt hatten, dröhnte plötzlich Musik von der anderen Straßenseite ins Maquis herüber. Es handelte sich wohl um eine andere Kapelle, wohl andere Zairer, die genau wussten, dass ihre Brüder gegenüber ein Konzert gaben, die aber aus purer Streitlust, vielleicht um zu beweisen, dass sie es auch draufhatten, ebenfalls begannen, gute Musik zu spielen. Sie eröffneten die Kampfhandlungen mit *Débarquement*, dem Hit vom Album *Le jour le plus long*, im Hintergrund der »Taube Taube«-Tanz, der, wie man hörte, wie eine Bombe in Zentralafrika, vor allem in Belgisch-Kongo, eingeschlagen hatte. Die Grubenarbeiter, die in der Vergangenheit in Zaire, Ruanda, Uganda und Angola auf der

Seite von Jonas Savimbi gekämpft hatten und all diese Lieder und Tänze auswendig kannten, wunderten sich nicht, dass die Konkurrenz derartige Geschütze auffuhr. Gleiche Musik, gleicher Tanz, gleiche Chöre, gleiche Aufmachung, gleiche Bauchnabel, gleiche Nationalität, gleich gegenüber, im Nahkampf ...

Bei einem Touristen, der immer noch nicht verstanden hatte, was in dieser Rivalität auf dem Spiel stand, versuchte man es mit einem Vergleich: »Das ist, wie wenn Johnny Hallyday sein Konzert gleich neben dem von Sardou gibt und nebenan noch Patrick Brunel, Zazie, Christophe Maé, Manu Chao, Obispo und Co. spielen und die Stadt ein einziger Musikrummel wird ...« Tatsächlich hörte man aus der Ferne noch mehr Musik, die gleichen Schreie, die gleichen Soli, die gleichen Instrumente, die gleichen Tänze, die gleichen Bauchnabel.

»Das gehört alles dir?«

Sie nickte.

»Du hattest mir gar nicht gesagt, dass du so reich und mächtig bist ...«

Ein Vorwurf, der jeglicher Grundlage entbehrte: Lucien wusste, dass sie mit den Abbau betreibenden Touristen ging, konnte er nicht eins und eins zusammenzählen? Alle wussten, dass manche Touristen einheirateten oder Einheimische umwarben, um sich eine halbwegs legale Existenz aufzubauen, vom Abtrünnigen unbehelligt die Minen zu nutzen und sich beliebt zu machen.

Sie antwortete nicht. Sie rief bloß ihre Truppen zur Ordnung, ihre Kellnerinnen und Aushilfskellnerinnen, die beim Servieren der Unmengen an Flaschen langsamer geworden waren.

Überall sind sie gleich, dachte er, autoritär, dickköpfig, notorisch aufsässig, mit ihren dicken Lippen ... Wie zur Bestätigung sah er aus den Augenwinkeln, dass sie ihn begutachteten und dann in Banania-Gelächter und andere selten doofe Albernheiten ausbrachen.

»Was sagt die Uhr?«

»Ich habe eine freche, eine lustige und eine perverse Seite, hast du Lust?«

»Ich werde niemals müde und kann alle Stellungen.«

»Ich beherrsche das Einmaleins des Kamasutra.«

Die Poesie und Litanei einiger Post-Küken mit Haar wie eine Dornbuschsavanne, die hoch hinauswollten.

»Du bist schön, ich möchte dir einheizen.«

»Ich habe Silikontitten.«

»Dein Mund ist wie die Augen des Eiffelturms.«

»Ich träume von Venedig, bring mich hier weg.«

Um ein Uhr morgens verließen sie das Maquis Richtung nach Hause.

»Du kannst bei mir bleiben, wenn du magst.«

»Lebst du mit jemandem zusammen?«

»Nein. Ich will nur dich. Möchtest du nicht bei mir einziehen?«

»Ich weiß nicht ...«

Sie kamen zu Hause an, und Lucien lehnte es ab, das Bett mit ihr zu teilen. Lieber nahm er es in Kauf, die Nacht auf einer Matratze in der winzigen, kakerlakenverseuchten Küche zu verbringen.

Manche Menschen sind einfach unfähig, etwas aus ihrem Leben zu machen. Da gibt es diese Frau, die felsenfest davon überzeugt ist, dass du der Mann ihres Lebens bist, sie folgt dir auf Schritt und Tritt, säuselt dir Liebesgeständnisse ins Ohr, überschüttet dich mit Zuneigung ... Und was machst du? Du wehrst ihre Avancen ab, als wärst du der schönste Mann auf Erden, dabei bist du nur eine Filzlaus. Du ziehst die Kakerlaken

Emiliennes Traumkörper vor. Requiem, der große Humanist, hatte nicht unrecht, als er sagte, dass es Typen gibt, die mit einem Hirn aus dem 13. Jahrhundert leben.

Nach dem gleichen Schema: Nackt wie ein Wurm strandest du in Stadtland. Der General ruft dich an und schlägt dir einen Handel vor: »Schreib Texte, die mir Ehre machen, und ich sorge dafür, dass es dir in finanzieller und materieller Hinsicht an nichts fehlt.« Du aber erwiderst: »Ich lasse mich nicht erpressen, ich bin Schriftsteller und kein Griot im Dienste des Königs.« Was für ein Idiot du doch bist!

Das gleiche Spiel in Hinterland: Du hast ernste Probleme, von morgens bis abends erhältst du Drohungen, fast gehst du am Bettelstab. »Schreib patriotische Gedichte, und du hast deine Ruhe. Wir besorgen dir eine Anstellung an der Universität und weitere Annehmlichkeiten.« Du aber spuckst in die Suppe. Du könntest schöne Karosserien, schöne Frauen, Wohnungen in Europa haben, du aber spuckst in die Suppe. Das Leben liegt vor dir, du spuckst in die Suppe.

Als er im Maquis auftauchte, war die Aufregung groß. Die Kellnerinnen und Aushilfskellnerinnen liefen durcheinander. Er wurde mit großem Tamtam von den Küken, den Kellnerinnen, den Aushilfskellnerinnen und ein paar führerlosen Grubenarbeiter-Studenten empfangen. Emilienne hatte die Öffentlichkeit schon für ihre Beziehung sensibilisiert, er sei der Mann ihres Lebens.

Russische Zigaretten, Rotwein, zwei Teller mit Ziegenspießchen, gefolgt von gegrilltem Fisch an Spinat ... Die Musiker, die sich im Rhythmus einer Rumba wiegten, riefen *Mabanga* aus, Respektbekundungen in alle Richtungen: »Der Supertanker, der Boss der Bosse, der Mann und seine Zeit, Papa Love, der Teufelskerl ...« Alle dachten, das Lokal gehöre ihm und Emilienne sei nur ein Schätzchen, das er auf der Straße aufgelesen hätte. Eine Behauptung, die von den neuesten Gerüchten bekräftigt wurde. Er aß schmollend und starrte den ganzen Abend Löcher in die Luft, unempfänglich für die Choreografien der Musiker aus Belgisch-Kongo und für die Aufmerksamkeiten der Aushilfskellnerinnen. Er schrieb: »Sie amüsieren sich und werden nach einem kurzen Moment des Ruhms, von Sinnesfreuden ausgeblutet, zur Hölle fahren.«

Um zwei Uhr morgens wies Emilienne die junge Frau ein, die sie in ihrer Abwesenheit vertrat.

»Komm, Lucien ...«

Unter dem Beifall der Kellnerinnen und der Musiker, die wahrscheinlich einen guten Eindruck hinterlassen wollten, verließen sie das Lokal.

Sie bogen in die Marktstraße.

»Sie halten mich für deinen Ehemann, und das gefällt mir gar nicht.«

Lucien, Lucien, Lucien, was soll dieses Benehmen à la Tim und Struppi im Sudan?

»Also ich finde ...«

»Sag ihnen, dass ich nicht dein Mann bin.«

»Also ich finde ...«

»Ich weiß nicht, was ich auf ihr Geschwätz antworten soll.«

»Also ich finde ...«

»Ich ertrage das nicht.«

»Also ich finde ...«

Emilienne hoffte, dass er seine Meinung ändern würde, und blieb beharrlich.

»Lucien, kannst du mich in die Eukalyptusstraße 12 begleiten?«

»Wozu?«

»Ich habe dort noch ein Geschäft, und die Frau, die für mich arbeitet, kommt schon seit einer Woche nicht mehr, um die Abrechnung mit mir zu machen. Ich habe versucht, sie zu erreichen, aber sie geht nicht ans Telefon.«

Lucien, überheblich:

»Wir treffen uns zu Hause, du kennst den Weg.«

»Bitte ...«

Sie gingen durch eine dunkle Gasse. Emilienne tat so, als würde sie stolpern. Er wollte sie auffangen, aber das Mädchen drehte sich um die eigene Achse und legte seine Lippen auf die unseres Freundes, des Schriftstellers.

»Bist du krank oder was!«

Er stieß sie weg.

»Das war keine Absicht. Und selbst wenn ...«

Eukalyptusstraße 12.

Vor einem Haus in den Farben des Städtchens, Blau, Rot, Grün und Orange, kleine Mädchen von gerade mal zwölf Jahren, die bei ihrem Anblick Schreie ausstießen und in den Innenhof rannten.

»Was macht ihr hier draußen?« schrie Emilienne, den Tränen nahe.

Sie stürmten in den Hof. Und standen einer ganz in Bordeauxrot gekleideten Dame gegenüber. Die schrie ebenfalls kurz auf, dann fing sie sich wieder:

»Guten Abend, Madame.«

»Warum kommst du nicht mehr? Warum sind die Mädchen nicht auf ihren Zimmern?«

»Ich war ein wenig krank, aber ich wollte für die Abrechnung vorbeikommen.«

»Du wartest hier«, sagte sie zum Dramatiker.

Lucien blieb allein im Hof zurück, die beiden Frauen eilten nach drinnen.

»Wo sind die Mädchen?«

»Warum?«

»Ich möchte alle Mädchen sehen.«

Die Dame in Rot rief nach den Mädchen, die sich schnell einfanden und unterwürfig um Verzeihung baten. Lucien betrat die Einrichtung. Ein ovaler Raum, acht Türen, Emilienne und die bordeauxrote Dame auf einem langen blaugrünen Sofa, ihnen gegenüber halbnackte Mädchen, in grellbunte, enge Kleider gezwängt mit tiefen Ausschnitten und anderen einschlägigen Aufmachungen für die Geschäfte eines Laufhauses.

Nach einem fast zweistündigen Konzil brachen sie wieder auf. Aber bevor sie sich auf den Weg machten, scharten sich die Küken, die Lucien für einen Kunden hielten und Emilienne beweisen wollten, dass sie die Dinge in die Wege leiten konnten, mit ihrem langen, langsamen Lächeln irgendwo zwischen Schmollmund und flüchtigem, verliebtem Augenzwinkern um ihn, sicher um ihren erfahrenen Körpern freie Bahn zu lassen. Das erste Mal seit seiner Ankunft in Stadtland verspürte er die Lust, seinem Körper auf einem dieser Kleinode ein wenig Entspannung zu gönnen, aber er stand eilig auf und ging.

Lucien nahm sich selbst ein wenig zu ernst. Das Leben ist kurz, und man muss es auskosten. Ist es ein Verbrechen, einem Erzsucher-Touristen den Geldbeutel zu stehlen? Ist es schlecht, einem Touristen den Hund zu klauen und ihn im Kreise der Familie zu verspeisen, dazu Zwiebeln und Rotwein? Das ist nicht das Ende der Welt, Hund oder Geldbeutel, verglichen mit den etwa dreitausend Tonnen Kupfer, die er jeden Tag abbaut. Dreitausend Tonnen Kupfer gegen einen Dobermann, den ihr wiederverwertet, weil ihr Hunger habt und er alles hat, das Geld und die Frauen und den Ruhm. Dreitausend Tonnen Kupfer oder Kobalt gegen hundertfünfzig Dollar. Einen Abbau betreibenden Touristen auszurauben ist ein legitimer Akt der Selbstverteidigung, der im Hinterland und in den Minenlabyrinthen von Stadtland von Generation zu Generation weitergegeben wird. Aber Lucien würde sagen: »Das ist schlecht, mein Gewissen verbietet es mir ...«, wie dreist.

»Warum machst du das, Emilienne?«

»Was meinst du?«

»Was fällt dir ein, diese jungen Mädchen zu kolonisieren? Findest du nicht, dass sie etwas anderes verdienen, als billig verkauft zu werden?«

»Wie bitte?«

»Sie sind minderjährig. Anderswo würdest du ins Gefängnis wandern ...«

Emilienne, der diese Rechnung nicht gefiel, wurde wütend: »Hast du etwa Arbeit für sie?«

»Diese Mädchen sind noch Kinder.«

»Das Alter spielt keine Rolle. Das weiß sogar der abtrünnige General.«

»Hör zu ...«

»Ich lasse mir gerne das Gegenteil beweisen.«

»Du irrst dich gewaltig.«

Sie nutzte die Gelegenheit, um sich über Luciens Theorien lustig zu machen, und nannte ihn sogar einen Schlappschwanz.

Um vier Uhr morgens kamen sie bei ihr an. Lucien ging in die Küche und packte seine Koffer, genauer gesagt seine Kunstledertasche und seinen Computer.

»Ich habe nichts gegen dich, aber ich glaube, ich muss gehen, um ein reines Gewissen zu haben ...«

»Wohin willst du gehen?«

Luciens Manierismus nervte. Man sammelt dich wie einen Müllsack von der Straße auf, und du musst allen den Spaß verderben wegen irgendwelcher Gewissensbisse! Was hat dein Gewissen mit dieser Geschichte zu tun? Man muss noch nicht einmal Schriftsteller sein, um sie zu verstehen! Du bist ein Nichts, und du spielst dich auf wie ein Manitu. So etwas nennt man Undankbarkeit! Ein Typ taucht bei einer Frau auf, die ihn durchfüttert, einkleidet und ihm ein Taschengeld zusteckt, und eines Tages wacht dieser Typ auf und hat Gewissensbisse! Und zu allem Überfluss tust du dir auch noch selbst leid ...

»Lucien, bitte, es tut mir leid, was ich eben gesagt habe. Ich war wütend.«

»Nein. Ich möchte nicht von deinen schmutzigen Geschäften leben ...«

Sie flehte ihn an.

»Verzeih mir.«

»Ich will nicht auf Kosten dieser Kinder leben.«

Lucien, so ein Esel. Wenn du nicht auf Kosten dieser Kinder leben willst, verdiene dein eigenes Geld, steh auf deinen eigenen zwei Beinen, geh und rette alle von ihrer eigentlichen Bestimmung entfremdeten, klapprigen Single-Mamis dieser Welt, bau Schulen für ehemalige Küken, gründe eine NGO, such ihnen eine Arbeit ...

»Es tut mir leid.«

»Du hättest es mir sagen müssen ...«

Lucien, du vergisst, dass sie es war, die dich immer geliebt und für dich gelitten hat. Solche Typen sind echt das Letzte, gewissenlos und undankbar bis ins Mark. Sie kniete sich tränenüberströmt vor ihn, um ihn am Gehen zu hindern, aber er schob sie zur Seite und bahnte sich einen Weg.

Er ließ Kleider, Telefon und Geld zurück, kurz gesagt alles, was sie ihm geschenkt hatte.

Was ist das für eine Art, die Schwelle des Tolerierbaren zu überschreiten? Genügt denn die Realität deinem Gewissen nicht? Muss man allen Unterleibsfreuden entsagen, um Schriftsteller zu sein? Was für eine Dummheit, den Helden zu geben! Was kann das schon sein, das Gewissen eines Schriftstellers, der den Dingen nicht ins Auge sehen will?

30. Die Rückkehr des Tiermenschen.

Malingeau ließ sich mehrere Monate lang nicht mehr im Tram blicken. Die von den Kellnerinnen und Aushilfskellnerinnen in die Welt gesetzten, von den Single-Mami-Post-Küken großzügig gestreuten und von den Touristen zweiter Hand unverzüglich weiterverbreiteten Gerüchte machten in ganz Stadtland die Runde: Er leide an einer unheilbaren Krankheit. Einige Küken berichteten sogar, dass er in einem kritischen Zustand zurück in die Schweiz gebracht worden wäre. Requiem ließ es sich nicht nehmen, das ganze Tram auf ein paar Runden Bier einzuladen. Für den Negus stand fest: Malingeau war nicht mehr von dieser Welt. Wie ein Papagei wiederholte er jeden Abend im Tram, welch eine Erlösung dieses Verschwinden nicht nur für das Tram, sondern für ganz Stadtland sei. Sobald er auftauchte, nahm er Malingeaus Tisch in Beschlag und ahmte ihn bis ins kleinste Detail nach. Das sorgte bei den Chefs der Küken und den Touristen zweiter Hand für allgemeine Heiterkeit.

Alles Schöne hat einmal ein Ende, heißt es. An einem gewöhnlichen Samstag gegen siebzehn Uhr ging auf dem Boulevard des Friedens, der Straße der Verfassung und der Stanley-Chaussee ein Gerücht um und erreichte schließlich das Tram: Ferdinand Malingeau war wohlauf, hatte Genf verlassen und am Morgen die Grenzen von Stadtland überquert und würde heute Abend sicherlich im Tram 83 erscheinen.

Wenn die gewinnorientierten Touristen aus ihren Heimatländern zurückkehrten, gaben sie für gewöhnlich in einer Nacht zwischen fünf und sechs Lokalrunden aus. Und so wagten sich selbst die Verrückten vom Großen Platz ins Tram 83.

Mit zunehmender Dämmerung verdichteten sich die Gerüchte allmählich zur Wahrheit. Zunächst durch das Treiben der gewinnorientierten Touristen. Eine Art Ritual. Wenn einer von ihnen von einer langen Reise zurückkehrte, versammelten sie sich wie aus dem Ei gepellt, herausgeputzt, perfekt frisiert und gut duftend wie Papa Wemba im Jahr der Erfindung von *Viva la Musica* ab siebzehn Uhr im Tram 83, um ihn mit Orchideengestecken zu empfangen. Sie brachten auch ihre Frauen und Kinder mit. Sie sponserten die Musik des Tages, also die nach ihrem Geschmack. Sie überreichten dem Besitzer des Tram ihren Zuschuss, damit eine improvisierte Kapelle, die fast ausschließlich aus gewinnorientierten Touristen bestand, zu dieser Gelegenheit aufspielen konnte. Lieder ihrer Länder, manchmal bis in den frühen Morgen. Eine wahre Freude, diese Konzerte. Jeder Tourist durfte sich ein Lied wünschen, und die Kapelle spielte es auf der Stelle. Die europäischen Touristen weinten bei diesen Anlässen. Sie wünschten sich Lieder aus ihrer Jugend, dieser für immer verlorenen Zeit, und die Nostalgie des Exils traf sie mit voller Wucht.

Um unnötiges Gedrängel zu vermeiden, wählte der Besitzer des Tram am Eingang die Teilnehmer der Abendveranstaltung aus. Alle akzeptierten diese Quotenregelung. Sie legte fest, dass alle sozialen Schichten aus Stadtland vertreten waren. Man nahm zum Beispiel: zehn Küken, zehn Post-Küken, zehn Studenten, zehn Schreckliche, zehn Grubenarbeiter, zehn chinesische Touristen und schließlich zehn Knirpse. Die übrigen Plätze waren den Sonderberechtigten vorbehalten, den gewinnorientierten Touristen und ihren Familien. Auch das gehörte zum Tram. Du konntest eine Party veranstalten und deine Gäste nach Belieben auswählen. Du musstest nur den Zuschuss zahlen und alle anderen rausschmeißen, einschließlich der gewinnorientierten Touristen, es sei denn, sie kauften die Party mit einem noch größeren Zuschuss auf. Das Tram für eine Nacht zu mieten war also nichts für unsereins. Wir konnten uns solche Extravaganzen nicht leisten.

Um das Jahr 1930 machte sich ein unfassbar reicher Tourist einen Spaß daraus, den Zuschuss zu zahlen und dann nicht mehr als fünf oder sechs seiner Freunde einzuladen. Die Touristen von heute sind so gesehen etwas netter. Stellt euch das mal vor, das ganze Tram 83 draußen vor der Tür, nur weil ein Typ und seine Kollegen ungestört ihr Bier trinken wollen. Weil sie nichts mit sich anzufangen wussten, blieben die Stammgäste vor dem Tram sitzen, um Hundespießchen zu essen, oder verschwanden, um im Club Cuba zu versacken, der bekannt ist für seine vierundfünfzig Sorten Salsa. Dort drücken dir die Kellnerinnen oder die Aushilfskellnerinnen gleich zwei Menükarten in die Hand, die eine für den Fraß, die andere für die Salsa.

Gut möglich, dass an diesem Abend keiner mehr arbeiten ging. Sogar die Schrecklichen beehrten uns mit ihrer Anwesenheit und ließen die Minen sein. Wer konnte es sich erlauben, so eine Party zu verpassen? Alle kamen ins Tram, zu Fuß, mit dem Fahrrad, dem Motorrad, der Karre ... Die Menge erstreckte sich bis zum Bahnhof, dessen halbfertiges Metallgerüst ...

20 Uhr 15, 22 Uhr 30, 23 Uhr 15, Malingeau war noch nicht aufgetaucht. Er traf gegen drei Uhr morgens ein. Die Diva empfing ihn mit einem teilweise auf Armenisch gesummten Lied. Beifallsstürme. Im Gedränge um den Star des Abends und von der Schar der Leibwächter verdeckt, fiel Lucien nicht weiter auf.

»Das Vorspiel ist was für Touristen. Wir nehmen lieber gleich den Hauptgang.«

Malingeau, ganz in Weiß, stieg auf die eigens für ihn errichtete Bühne und begrüßte die Versammlung in einer afrikanischen Sprache. Zehnminütige Beifallsstürme, unterbrochen von lauten »Malingeau Ferdinand! Malingeau Ferdinand!«-Rufen.

Seine ersten Worte:

»Das ist der schönste Tag meines Lebens. Ich danke euch für euer Vertrauen und all die Liebe, die ihr mir entgegenbringt. Ich freue mich, nach Hause zurückzukehren, um die alltäglichen Dinge des Lebens, im Guten wie im Schlechten, mit euch zu teilen.«

Beifallsstürme, gefolgt von »Malingeau Ferdinand! Malingeau Ferdinand!«-Rufen!

»Ich habe eine großartige Neuigkeit für euch: Soeben habe ich das Bühnen-Epos veröffentlicht.«

Die Menge hatte Lucien schon längst vergessen. Niemand erinnerte sich mehr an seine misslungene Lesung. Alle dachten im ersten Moment, das besagte Werk handle von den Minen und Malingeau habe es verfasst.

»Ein bemerkenswerter Text, halb historisch, hochliterarisch, aus der Feder eines hiesigen Autors, ich spreche von Lucien.«

Der Applaus wollte kein Ende nehmen, laute Rufe: »Dichter Lucien! Dichter Lucien!«

Die gewinnorientierten Touristen nutzten solche Anlässe, um die Gunst von Stadtland zu gewinnen und nebenbei ihre Konkurrenten auszustechen.

»Was sagt die Uhr?«

»Wie ich gehört habe, hat man mich für tot erklärt, und einige unter euch haben sich sehr gefreut. Diesen Menschen sage ich klar und deutlich: Ich sterbe mit neunzig, keinen Tag früher!«

Beifallsstürme.

»Das Folgende richtet sich an einen gewissen Requiem. Er

hat mir gedroht, er hat jede Affenart dieser Welt herangezogen, um mich zu beschimpfen, er hat Himmel und Erde in Bewegung gesetzt, damit dieses Buch nicht erscheint.«

Die Menge kochte.

»Der Text wurde in der Welschschweiz gedruckt, und für diejenigen, die dieses Land nicht kennen, werden wir hier im Tram eine Geografiestunde anbieten.«

Während er seine Reden schwang, luden Studenten große Kisten mit Büchern von einem Lkw. Die Küken übernahmen das Verteilen der Exemplare und boten nebenbei ihre privaten Dienste an.

»Diesem Requiem habe ich in meinem Haus Unterschlupf gewährt, ich habe ihm in meinem Unternehmen Arbeit gegeben, ich habe ihm zu essen und zu trinken gegeben. Und im Gegenzug nichts als Ärger. Er verbringt den lieben langen Tag damit, mich schlechtzumachen, als wäre ich ein Ausländer, als stammte ich nicht auch aus diesem Land … Wenn ich kein Afrikaner bin, was bin ich dann? Stammte der erste Mensch nicht auch aus Afrika? Ist er nicht auch mein Vorfahre?«

Beifallsstürme. Einige der Touristen brachen sogar in Tränen aus.

»Ich will euch etwas anvertrauen. Dieser Requiem hat mich, wie viele andere hier, mittels einer jungen Frau in eine Falle gelockt. So wie ich den Dreckskerl kenne, wird er früher oder später die Fotos veröffentlichen, die die junge Frau von mir gemacht hat, als ich nichtsahnend schlief. Ich bitte euch, nehmt das Drecksblatt, wenn er es euch andreht, und zerreißt es vor seinen Augen.«

Die Menge stieß Fatwas gegen den Negus aus. Die Menge versicherte Malingeau, dass sie sich persönlich um Requiem, diesen Gauner, kümmern werde. Fast schon brüllend fuhr der Verleger mit seiner Anklage fort.

»Requiem, komm her, wenn du ein Mann bist! Requiem, komm auf die Bühne, wenn du den Mumm hast! Requiem, du Idiot! Du bist erledigt! Ich habe gewonnen!«

Requiem wusste nicht weiter. Lange hielt er das nicht mehr aus. Malingeau redete wie ein Radio, ohne Punkt und Komma. Er erhob die Stimme gegen den Verleger. Die Kellnerinnen und die Aushilfskellnerinnen fühlten sich betrogen und begannen auf ihn einzuschlagen. Er wurde handgreiflich gegen die Aushilfskellnerin mit den dicken Lippen. Eine Gruppe von Grubenarbeitern umzingelte ihn, packte ihn am Kragen und zerrte ihn zum Bahnhof, dessen halbfertiges Metallgerüst. Dort zwangen ihn schnorrende Jazzmusiker, in seine Schuhe zu pinkeln und die Flüssigkeit in seinen Mund zu leeren.

Seit Jahren hatte er sich nicht mehr so gerädert gefühlt. Mit Mühe und Not erreichte er seine Wohnung, schloss sich ein und weinte lange. Für jemanden seiner gesellschaftlichen Stellung, vor Selbstbewusstsein strotzend, seit er das erste Mal in die Mine der Hoffnung hinabgestiegen war, und von ganz Stadtland verehrt, bedeutete die triumphale Rückkehr von Malingeau das Ende eines Mythos. Das ganze Tram oder, besser gesagt, ganz Stadtland wusste, dass der Negus Malingeau ein Dorn im Auge war.

Malingeau bat den Schriftsteller auf die Bühne.

Trotz des Anlasses verzichteten die Küken nicht länger darauf, ihre Körper zur Schau zu stellen.

»Was sagt die Uhr?«

»Ich habe einen brasilianischen Po.«

»Nimm mich mit nach Kiew, dort lieben wir uns in der prallen Sonne!«

Die Stimmung kochte, kochte, kochte …

»Aber ich will euch nicht langweilen. Wir werden eine Lesung organisieren, um das Buch und seinen Autor vorzustellen.

Aber nun, Bühne frei für Musik und Bier. Ihr könnt trinken, so viel ihr wollt, das geht auf meine Kosten!«

Ein Raunen ging durch die Menge ... Die Küken, des Französischen halbwegs mächtig, weinten herzzerreißend. Die Grubenarbeiter, die Studenten, die Touristen zweiter Klasse, die gewinnorientierten Touristen, die Schrecklichen, die Knirpse, einfach alle lagen sich zur wilden Rumba der zairischen Musiker in den Armen.

Lucien verließ das Tram gleich nach der Rede des Verlegers. Er wollte die Küken abhängen, die ihm auf den Fersen waren. Zum ersten Mal in seinem Leben rief er den Mann aus Clignancourt an, um ihn zu informieren, dass sein Buch veröffentlicht worden war. Wie immer ließ der Freund aus Paris ihn nicht zu Wort kommen: »Ich habe einen Job gefunden, der mehr einbringt, als ich gedacht hätte. Ich habe keine Zeit mehr für dein Geschreibsel. Außerdem ist afrikanische Literatur gar nicht mehr exotisch. Lucien, wenn du das nächste Mal anrufst, dann lass uns bitte über etwas anderes sprechen. Über Kamasutra, Musik, Bier, bloß nicht über Literatur. Wir befinden uns im 21. Jahrhundert, Lucien, und du möchtest Schriftsteller sein!«

31. Muss das Tram 83 dem Erdboden gleichgemacht werden?

Um ihn herauszufordern, schickte Malingeau Requiem ein handsigniertes Exemplar des Buchs. Der Negus hatte sich bis auf die Knochen blamiert und verraten gefühlt. Seine Männer, sogar Mortal Combat, auch der Treueste der Treuen genannt, hatten auf Luciens und Malingeaus Wohl gegessen und Brazza-Bier getrunken. Der Negus ließ sich zwei Wochen lang nicht mehr blicken. Er mied die Minen und das Tram 83. Er war bei einem Küken untergekrochen.

»Wenn du mich mit in dein Land nimmst, werde ich dich mehr lieben als mich selbst.«

Es gibt Leute, mit denen ist nicht zu spaßen. Requiem war einer von ihnen. Sich nicht in der Öffentlichkeit blicken zu lassen gehörte zu seiner Strategie. Er wartete, dass das Leben wieder seinen normalen Gang ging, dass Stadtland zu seinem Alltag aus Netzentlastungen und zusammenbrechenden Stollen, aus Streits zwischen frisch geschlüpften Küken und Aushilfskellnerinnen, Studenten und Grubenarbeitern, Touristen zweiter Klasse und gewinnorientierten Touristen zurückkehrte und das Phänomen Malingeau vergaß.

Zwei Monate später, als man ihn schon völlig aus dem kollektiven Gedächtnis gestrichen hatte, tauchte Requiem wieder im Tram 83 auf. Den Augenblick seiner Rückkehr hatte er nicht dem Zufall überlassen. Der abtrünnige General nahm an einer Friedenskonferenz teil, zu der die südafrikanische Regierung nach Johannesburg geladen hatte. Die Fußball-Nationalmannschaft spielte gegen Kamerun. Was dazu führte, dass riesige Menschenmassen ins Tram gekommen waren, um sich die Übertragung des Spiels auf der Großleinwand anzusehen.

Sogar abgenommen hatte der Negus. Malingeau lachte betont laut. Das Tram 83 tat so, als habe es den Negus nie gekannt. Eine Frechheit, wenn man bedenkt, dass das Tram seine Pleite von 1992 nur überlebt hatte, weil der Negus dem Besitzer Geld geliehen hatte.

Gleich nach dem Spiel bat Requiem um Aufmerksamkeit. Man forderte ihn auf, sich kurz zu fassen. Die Nationalmannschaft hatte das Spiel gewonnen. Um das Nützliche mit dem Schönen zu verbinden, bestellten chinesische Touristen Lokalrunden für das ganze Tram 83.

»Das Vorspiel nervt mich. Aus dem Fenster geworfene Zeit.«

Requiem sagte nur zwei kurze Sätze:

»Ich habe hier eine Zeitschrift. Jeder, der sie haben will, darf sich eine nehmen.« Das ganze Tram einstimmig:

»Hau ab.«

Die chinesischen Touristen:

»Falls der Hunger dir die Sinne verwirrt hat, geben wir dir zu essen.«

Die Demoiselles d'Avignon:

»Dieser Mann wird es nie kapieren!«

Die Aushilfskellnerin mit den dicken Lippen in ihrem Kolonialarmee-Französisch:

»Du gehen nach Hause schlafen.«

Betont lässig hielt er dem Schätzchen, das sich zu seiner Linken schminkte, die Zeitschrift hin. Das Schätzchen schlug sie auf, blätterte sich durch die zehn Seiten, die vor allem aus Fotos von Touristen bestanden, und schrie wie von der Tarantel gestochen:

»Der General!«

Das ganze Tram, mit Ausnahme der gewinnorientierten Touristen, stürmte auf die Bühne, verrenkte sich, die Arme ausgestreckt wie Besessene bei einer Teufelsaustreibung. Requiem begann Exemplare der Zeitschrift in die Menge zu werfen. Er konnte seine Arbeit nicht zu Ende bringen. Die Menge überrannte ihn bei dem Versuch, die Beute zu ergattern. Er nutzte den Tumult, alle wollten raus aus dem Tram, alle wollten rein ins Tram, und robbte bis zur Bar, wo der Verleger saß, von der plötzlichen Wendung wie versteinert, und rammte ihm ein Messer ins Bein.

32. Die Glaubwürdigkeit eines Mannes
liegt in der Kraft seiner Lenden.

Bei seiner Rückkehr bekam der abtrünnige General einen Tobsuchtsanfall. In seinem Bühnen-Epos hatte Lucien ihn lächerlich gemacht. In der letzten Szene unter dem Titel »Die Erstürmung der Zitadelle« kam die Figur des abtrünnigen Generals ums Leben, nachdem Lumumba ihr eine Tracht Prügel verpasst hatte. Die Worte, mit denen das Buch endete,

ein Leer-Körper
ein Ding-Körper
ein Müll-Körper
ein Hunde-Körper
der Körper ohne Kopf
eines Hinterhof-Generals
lag im Schlamm
in einem Zustand fortgeschrittenen Verfalls!

waren in aller Munde. Die Küken benutzten sie bereits, um potenzielle Kunden zu ködern, die Kellnerinnen und Aushilfskellnerinnen, um ihr Trinkgeld einzufordern, die Grubenarbeiter, um über die Studenten herzuziehen, und die Jazzmusiker, um dem Tram einzuheizen.

Die beiden Nacktfotos, die der Negus von ihm veröffentlicht hatte, trieben ihn in den Wahnsinn. Laut der Aushilfskellnerin mit den dicken Lippen hatte er noch am selben Tag die diplomatischen Beziehungen zu Bolivien, Uganda und Aserbaidschan aufgekündigt und schoss scharf auf seine Leibwächter. Die Gespräche im Tram drehten sich weniger um den bambusschlanken Körper des Generals als um sein kleines Pimmelchen.

»Was sagt die Uhr?«

Die Einwohner von Stadtland ergriffen die Gelegenheit, um über ihn herzuziehen. Die Menge stellte willkürliche Vergleiche zwischen seinem Geschlechtsteil und einem Streichholz an. Im Tram dachte man einige Nächte lang darüber nach, wie ein Mann ohne Penis oder, besser gesagt, mit einem derart winzigen Ding ein Küken befriedigen konnte.

Der starke Mann von Stadtland, der für seine Endlos-Reden bekannt war, hielt die kürzeste Ansprache der Welt: »Ich schließe bis auf weiteres alle Minen von Stadtland und befehle, das Tram, Hort des Verbrechens, der Ausschweifung und Verderbtheit, noch heute Nachmittag abreißen zu lassen.«

Diese Vorgänge waren ungeheuerlich. Was würde Stadtland ohne das Tram sein? Das Tram 83 abzureißen war, wie den Eiffelturm oder den Cristo Redentor vom Corcovado dem Erdboden gleichzumachen, der Erinnerung von Stadtland den Kopf abzuschlagen, dem ganzen Volk sein einziges Vergnügen zu rauben ... Das Tram verkörperte nationalen Zusammenhalt und Einheit, allen internen Spaltungen zum Trotz. Niemand in Stadtland, bis auf Lucien, konnte eine Woche ohne einen Besuch im Tram 83 überstehen. Sogar für die Patienten des aus allen Nähten platzenden Sankt-Ägidius-Krankenhauses wurden Exkursionen ins Tram organisiert. Der abtrünnige General musste verrückt geworden sein. Das Tram abzureißen bedeutete, den Kellnerinnen und Aushilfskellnerinnen (einschließlich der mit den dicken Lippen und ihrem Kolonialarmee-Französisch) und den Demoiselles d'Avignon die Arbeitsplätze wegzunehmen.

Als sie vom bevorstehenden Abriss des Tram erfuhren,

strömten die Bewohner von Stadtland dort zusammen. Aus den unterschiedlichsten Gründen, das versteht sich von selbst: manche, »Was sagt die Uhr«, um potenzielle Kunden zu ködern, andere, um gegen das Abbauverbot zu protestieren, wieder andere, um etwas gegen den Abriss des Tram 83 zu unternehmen. Das Tram war das Einzige, was ihnen wirklich gehörte.

»Das Vorspiel ist gerade in Mode. Auch wir fordern es.«

Dem Abtrünnigen wurden seine Leute abtrünnig. Eine Hundertschaft von Schrecklichen sagte sich von ihrem Chef los und lief samt Waffen und Munition zum anderen Lager über. Für zwei Monate aßen, tranken, pissten, streikten und kackten die Küken, die Musiker, die eleganten *Sapeurs*, die Selbstmörder, die Grubenarbeiter, die Touristen aller Nationalitäten, kurz, ganz Stadtland im Tram 83 und Umgebung. Der abtrünnige General an der Spitze seines Aufstands scheiterte dreimal bei dem Versuch, das Tram 83 einzunehmen.

Ein Unglück kommt selten allein. Der Besitzer des Tram starb nach langer, schwerer Krankheit. Die Küken behaupteten, der General sei ohne jeden Zweifel ein Hexer und habe ihn in der Geisterwelt verspeist. Was die Abneigung gegen ihn und seine Miliz noch verstärkte und das im Tram versammelte Volk fester zusammenschweißte.

»Du bist schön wie ein Pornostar. Komm in meine Arme, geliebter Tourist.«

Der abtrünnige General zeterte, dass man ihm die Herrschaft, die ohnehin schon durch die Abtrünnigkeit seiner Truppen geschwächt war, streitig machte, und setzte das Minenverbot aus. Aber wer, bis auf ein paar gewinnorientierte Touristen, gierig nach Sex und schnellem Geld, konnte sich erlauben, Abbau zu betreiben? Zwei Monate lang interessierten die Minen niemanden.

33. Die Heiligen Drei Könige.

Der abtrünnige General hatte sich von den Fotos, von den gegen seinen Streichholz-Schniedel gerichteten Albernheiten, von seinem niederträchtigen Tod in Luciens Theaterstück und vor allem von den brillanten Abwehrmanövern bei der Belagerung des Tram nicht erholt. Er hielt eine zweieinhalbstündige Rede, an deren Ende er auf Lucien, Malingeau und Requiem ein Kopfgeld aussetzte. »Tot oder lebendig, ich will, dass ihr mir diese drei Mistkerle bringt! 50000 Dollar und die Erlaubnis, für immer im Polygon der Mine der Hoffnung Abbau zu betreiben.«

Malingeau, der fürchtete, von den eigenen Leuten verraten zu werden, erwirkte nicht ohne Schwierigkeiten in der Niederlassung der chinesischen Touristen Asyl. Requiem entkam nur knapp einem Hinterhalt von Mortal Combat. Er hatte Lunte gerochen und flüchtete sich zu denselben Touristen. Lucien, auf Christelles Anraten als Frau verkleidet, suchte ebenfalls Schutz bei den chinesischen Touristen.

Die Gerüchte über das Geschlechtsteil des Generals gingen munter weiter. Er zog es in Betracht, den Jackpot zu erhöhen. Als das Kopfgeld stieg, änderten die Touristen ihr Verhalten. Jetzt waren sie nicht mehr freundlich und zuvorkommend zu den drei Flüchtlingen. »Ihr müsst wissen«, wiederholten sie ständig, »unser Unternehmen schwächelt, aber wenn wir die Gunst des Generals hätten ... Der abtrünnige General bietet mittlerweile 70000 Dollar, uns würden schon 20000 Dollar reichen, um unser Unternehmen zu retten.«

Als sie hörten, dass das Trio in Beijing, dem Chinatown von

Stadtland, untergeschlüpft war, nahmen die Touristen zweiter Klasse, die Schrecklichen, die Küken, die gewinnorientierten Touristen, die Grubenarbeiter, die kongolesischen Musiker, die Kellnerinnen und Aushilfskellnerinnen einschließlich der Aushilfskellnerin mit den dicken Lippen, kurz, einfach alle Kontakt zu den chinesischen Touristen auf, damit die drei Dreckskerle ausgeliefert und das Geld gerecht aufgeteilt werden konnte. Weihnachten stand vor der Tür, und alle wollten ihren Rotwein und ihre Hundespießchen.

»Nimm mich mit in dein Land, und ich gebe dir alle Liebe der Welt.«

Am 24. Dezember nutzten Requiem, Lucien und Malingeau die Unaufmerksamkeit ihrer Gastgeber und suchten das Weite. Sie hatten nur ein Ziel: sich zum Bahnhof durchzuschlagen, dessen Metallgerüst, und auf den ersten Zug Richtung Hinterland zu springen.

Requiem, der vor den anderen lief, war richtig wütend. Er schimpfte auf die ganze Welt: die Küken, die Touristen zweiter Klasse, die Diva, die gewinnorientierten Touristen, Christelle, Jacqueline, die Kellnerinnen, die Aushilfskellnerinnen, die Aushilfskellnerin mit den dicken Lippen, die Schrecklichen, Lucien, den Verleger, den abtrünnigen General, Mortal Combat ... Malingeau reagierte empfindlich auf das Bellen des Negus.

»So lass ich nicht mit mir reden! Ich stamme aus Genf, Requiem, ich stamme immerhin aus Genf!«

Währenddessen blieb Lucien ein wenig abseits stehen, um trotz der üblichen Staus rund um den Bahnhof, dessen Metallgerüst, etwas aufzuschreiben.

Alle Wege führen ins Tram 83. Kein Weg führte zum Nordbahnhof, ohne das Tram 83 zu passieren. Als sie am Tram vorbeikamen, wurden sie nostalgisch. Die Stimmung war auf dem

Höhepunkt. Draußen saßen und standen Leute, tranken, aßen, sangen im Chor mit der Diva, tanzten, schrien, küssten sich, köderten Kunden, riefen Küken heran, fluchten, prügelten sich, forderten Jazz, um es den Touristen erster Klasse gleichzutun ...

»Was sagt die Uhr?«

Als sie gerade die Gleise überqueren wollten, drang die Musik zu ihnen herüber: ein erlesenes Zusammenspiel von Saxofon, Schlagzeug und Trompete. Das Saxofon wurde lauter, lauter, lauter und endete in einer seligen Stille. Das Schlagzeug füllte die Leere, bis ihm der Atem ausging. Dann schwollen sie gemeinsam an, das Schlagzeug verstummte, überließ den Raum dem Saxofon, das röchelte wie ein sterbender Hund. Dann schied auch das Saxofon in einem andächtigen Schluckauf dahin. Nun hatte die Trompete ihren Auftritt und stimmte eine Melodie an, die ganz Stadtland kannte. Das Saxofon erhob sich aus der Asche und versuchte den von der Trompete besetzten Raum zurückzuerobern. Das Schlagzeug stürzte sich in den Tanz der Raubtiere, der im Bahnhof widerhallte, dessen halbfertiges, von Granateinschlägen zerschundenes Metallgerüst, Gleise und Lokomotiven noch an Stanleys Eisenbahntrasse erinnerten, an Maniokfelder, billige Hotels, Spelunken, Bordelle, Erweckungskirchen, Bäckereien und das Getöse von Menschen aller Generationen und Nationalitäten.